1

Georg Papke

60
KURZGESCHICHTEN

Heiter und Lustiges, Nachdenkliches
und Gruseliges zum Zeitvertreib in
Corona-Zeiten erdacht
und für Corona-Geschädigte gedacht.

Georg Papke

60 KURZGESCHICHTEN

HEITER UND LUSTIGES
NACHDENKLICHES
GRUSELIGES

4

© 2021
Herstellung und Verlag:
BoD – Books on Demand, Norderstedt
ISBN: 978-3-7534-5410-8

INHALTSVERZEICHNIS

1.0 Heiter bis Lustig

2.0 Nachdenkliches

3.0 Gruseliges

8

1.00 HEITER BIS LUSTIG

1.01 Stockzahnball

Es wurde wieder ein mal Faschingszeit, doch ich hatte keine Zeit zum feiern, weil ich zu der Zeit zwei Jobs hatte, um Geld zu verdienen.

Nach meiner offiziellen Arbeit ging ich, zusammen mit noch einem Kollegen zu einem Freund und arbeitete dort in seinem Büro an den Plänen eines Feuerwehrhauses, meistens bis 21 oder 22 Uhr.

Das war eine harte Zeit!

Als wir am Faschings-Montag ans Büro des Freundes kamen, empfing er uns mit einer Flasche Sekt, die er gleich vom Fenster im 1. Stock auf uns abfeuerte. Natürlich wurde daraufhin zuerst die ganze Flasche geleert.

So waren wir alle schnell in Stimmung gekommen und mein Freund fragte, ob jemand wüsste wo wir weiter feiern könnten.

Ich hatte Verbindung zu Studenten in Tübingen und wusste, dass am selben Abend die Zahnmediziner einen *Stockzahnball* feierten, der war berühmt.

Mein Freund fragte, ob wir eine Chance hätten dort hinein zu kommen. Ich kannte einige Studenten recht gut und meinte, dass ich es versuchen würde.

Schnell waren wir die paar Kilometer gefahren und fanden auch schnell das Haus in dem gefeiert wurde.

Drinnen hatte der Tanz schon begonnen, das konnte man bis draußen hören. Doch vor der Eingangstüre standen aber noch viele Interessenten, die alle gerne eingelassen werden wollten. Doch drinnen schien es bereits voll zu sein.

Ich drängelte mich durch die Leute bis an die Tür und wartete, bis wieder jemand heraus kam. Bald kam ein Student heraus, den ich recht gut kannte und mit dem ich erst kürzlich eine lange

gemeinsame Wanderung gemacht hatte.
Den bat ich, uns drei doch bitte hinein
zu lassen.

Es klappte, wir durften hinein und so
stürzten wir uns auch gleich ins Getüm-
mel.

Ich tanzte zuerst mit einer Studentin,
die offensichtlich zum Organisations-
Team gehörte. Beim Tanzen fragte sie
mich, ob ich was mit Koch oder Kneipe
zu tun hätte. Wir hatten uns nämlich im
Büro meines Freundes vor der Abfahrt
mit einigen Utensilien versorgt. Ich sah
aus, wie ein Koch mit Schiebermütze,
Schnauzbart und Küchenschürze.

Als ich zurück fragte warum, meinte
sie, dass hinter der Theke ein Student
stände mit einem dicken Gipsfuß. Der
bräuchte dringend Ablösung.

Nach dem Tanz gingen wir an die
Theke und ich sah, dass die beiden mit
der Bedienung überhaupt nicht zurecht
kamen.

Es herrschte hinter der Theke das blanke Chaos!

Dabei sah ich, dass es dem Studenten mit dem Gips gar nicht gut ging.

Ich versprach ihn abzulösen, da er aber augenblicklich seine Stellung verließ, musste ich sofort einspringen.

Nachdem ich die Lage sondiert hatte überlegte ich, wie die Situation hier zu retten sei.

Man hätte schnell ausschenken können, aber es fehlte hier hauptsächlich an Gläsern. Also schickte ich alle Wartenden zuerst los um Gläser einzusammeln, die überall auf den Tischen herum standen. Schnell waren die gespült und nun konnte es losgehen.

Auf die Frage, was den gewünscht wurde kam regelmäßig die Antwort:

Nur Sekt!

Wie viel?

Meistens waren es dann gleich 8 bis 10 Gläser, die gefordert wurden. Doch da kam einer auf die Idee, ein Glas für mich mit zu bestellen. Und das blieb den ganzen Abend so.

Der zweite Student neben mir staunte nur, wie gut es bei mir lief. Aber er hatte keine Ideen und keine Gläser und so konnte er auch nicht einschenken. Nach einiger Zeit verabschiedete er sich, weil es ihm nicht gut ginge und damit war ich nun ganz alleine hinter der Theke.

Zwar kam ich nun nicht mehr zum Tanzen dafür aber umso mehr vom Sekt, so dass ich mich bald zurück halten musste, denn schließlich hatte ich hier einen verantwortungsvollen Posten übernommen. Dafür bekam ich sogar manchmal ein Trinkgeld.

So wurde es schnell 2 Uhr morgens und der Stockzahnball ging seinem Ende entgegen. Zum Schluss wurde noch aufgeräumt und abgerechnet.

Der Chef war mit mir sehr zufrieden, denn ich hatte letztlich den Laden ganz alleine hier geschmissen und der Absatz war enorm. Der Sekt war bis auf 2

Flaschen alle geworden, obwohl er eigentlich für zwei Abende hätte reichen sollen.

Ich wurde gefragt, ob ich am nächsten Abend nicht wieder zum Ausschenken kommen könnte.

Aber da hatte ich schon etwas vor und musste absagen.

Diese Nacht werde ich nie vergessen!

1.02 Höllenlöcher

Die Klasse unseres 7-jährigen Sohnes hatte eine Wanderung geplant. Es sollte zu den Höllenlöchern bei Bad Urach gehen.

Damit man nicht die ganze Strecke laufen müsste sollten alle Eltern ihre Kinder zu einem Sammelplatz bei Bad Urach bringen. Mein Sohn behauptete, dass wir bei einer Albwanderung beinahe bei den Höllenlöchern gewesen sein mussten, was dann auch ein Blick auf die Landkarte bestätigte.

Also fuhr ich meinen Sohn zur richtigen Zeit zu dem besagten Treffpunkt bei Urach.

Wir waren etwas früh dran, also war noch niemand dort. Aber es kam auch niemand, obwohl wir fast eine Stunde gewartet hatten. Also fuhren wir wieder nach Hause.

Am nächsten Tag in der Schule klärte sich das Problem. Der Lehrer hatte vergessen zu sagen, dass es zwei Höllenlöcher bei Bad Urach gibt.

Jedenfalls wollte er mit den Kindern zu den Höllenlöcherm *nördlich* von Bad Urach gehen, also auf der anderen Seite des Tales.

Dass es gleich zwei mal Höllenlöcher fast nebeneinander gibt, wusste offensichtlich der Lehrer bisher auch nicht.

Für uns war es der Anlass in nächster Zeit gleich beide Höllenlöcher zu besichtigen.

Inzwischen kennen wir sie nun, wie unsere Westentasche!

1.03 Igelchen

In einem Jahr lernten wir auf dem Campingplatz im Urlaub an der Ostsee eine nette Familie mit Wohnwagen kennen, die aus Halle an der Saale kam. Besonders interessant war aber, weil sie eine nette Tochter hatten, die sie „Igelchen" nannten. Deshalb trug sie auch einen Igel-Anhänger an ihrer Halskette.

Sie besuchte uns gelegentlich an unserem Zelt, sodass bald auch ihr Vater auf uns aufmerksam wurde und uns sogar einen Besuch abstattete.

Um dieses interessante Mädchen entbrannte geradezu ein Wettbewerb unter uns Dreien. Sie aber hielt zu allen gleichmäßigen Abstand.

Eines Tages, ich war gerade alleine, beschloss ich sie zu besuchen. Ihr Wohnwagen stand kaum 50 Meter von uns entfernt.

Sie war alleine und wusch gerade das Geschirr ab. Ich fragte sie, ob sie Lust hätte ins Naturschutzgebiet zu gehen, das damals noch betreten werden durfte. Sie willigte sofort ein, meinte aber, dass sie zuerst den Abwasch machen müsste. Darauf nahm ich das Geschirrhandtuch und trocknete ab, damit sie schneller fertig werden sollte.

Nach einer Weile kamen plötzlich ihre Eltern zurück, sie hatten offensichtlich nur einen kleinen Spaziergang gemacht. Ich war völlig überrascht und entschuldigte mich.

Als wir fertig waren zogen wir schleunigst los ins Naturschutzgebiet, wo es immer viel zu beobachten gab, wenn man sich unauffällig und leise verhielt.

Am anderen Tag erzählte mir Ingelchen, dass ich in der Familie ein Erdbeben ausgelöst hätte.

Neuerdings würde ihr Vater nun jeden Tag abtrocknen, was er bisher noch *nie* getan hatte.

1.04 Strandspaziergang

Vom Zeltplatz in Prerow war es eine halbe Stunde Marsch bis an den Weststrand. Dort war es zwar immer etwas windig, aber dafür richtig urig. Alle Bäume in Strand nähe waren leicht Richtung Land geneigt, auch wenn gar kein Wind ging. Die nennt man Windflüchter.

Wenn man das Sieht, bekommt man richtig Gänsehaut, auch wenn es ganz windstill ist!

Eines Tages machte wir einen ausgedehnten Spaziergang entlang des ganzen Weststrandes bis nach Ahrenshoop, einem sehr interessanten Künstlerdorf mit lauter Reet gedeckten Häuser.

Wir waren nur mit Badehose bekleidet, denn es war sehr warm.

Als wir sozusagen im Niemandsland waren zogen wir auch unsere Badehosen aus und hissten sie jeder auf seinen mitgebrachten Stecken.

So kamen wir am Strand von Ahrenshop an. An diesem Abschnitt war auch FKK, die Urlauber hatten sich alle in sogenannten Sandburgen gegen Wind verkrochen. Nur die Köpfe konnte man erkennen. Da merkte einer von uns, dass wir beobachtet wurden und wir blieben stehen. Als sich ein Mann erhob und auf uns zu kam, erkannten wir einen unserer Professoren von der Hochschule. Er kam auf uns zu und begrüßte uns freundlich mit Hand-schlag.

Er wollte wissen woher wir kämen und was wir hier machten. Nach einem kurzen und netten Gespräch verab-schiedeten wir uns und gingen weiter.

Natürlich begegneten wir uns gelegent-lich an der Hochschule. Dabei grinsten wir uns nur gegenseitig an, aber keiner sagte etwas.

Diese Begegnung haben wir selbstverständlich niemanden an der Schule erzählt. Sicher hätte es Leute gegeben, die etwas dagegen gehabt haben könnte, denn FKK war in der DDR zwar nicht verboten, aber es galt als dekadent und politisch ausgegrenzt.

1.05 Fahrzeugkontrolle

Ich war mehrmals alleine für Wochen in Indonesien auf der Insel Bali. Meistens hatte ich ein festes Quartier, von dem ich dann diverse Ausflüge machte

Für Strecken unter einhundert Kilometer benutzte ich meist ein geliehenes Motorrad. Das war nicht teuer und sehr bequem, denn man kam damit überall hin und man war schnell. Natürlich war der Linksverkehr gewöhnungsbedürftig. Aber ich hatte die wichtigsten Regeln schnell gelernt und intus.

Heute hatte ich vor, an einen Strand an der Westküste zu fahren. Das Wetter war wie jeden Tag schön, so dass ich im T-Shirt fahren konnte. Zur Sicherheit hatte ich aber eine Jacke im Rucksack, denn oft wechselte das Wetter von morgens schön auf nachmittags Regen.

Nachdem ich so ca. 20 Kilometer gefahren war fiel mir ein, dass ich heute vergessen hatte meinen Führerschein aus dem Koffer mit zu nehmen.

Gut, dachte ich, jetzt bin ich jeden Tag unterwegs gewesen und es war nie eine Fahrzeug-Kontrolle, dann wird es auch heute gut gehen.

Kaum hatte ich den Gedanken zu Ende gedacht, da sah ich auch schon nach der nächsten Kurve die rote Kelle.

Ich dachte, jetzt nur ganz ruhig bleiben, vielleicht geht ja alles gut.

Fahrzeugpapiere, bitte!

Die hatte ich immer im Fach unter dem Sitz.

Dann Führerschein bitte!

Ich zog darauf meinen Personalausweis in Scheckkartenformat heraus und reichte ihn hin.

Der Polizeibeamte nahm ihn, besah ihn, drehte ihn und dann fragte er ganz vorsichtig, dass das ja wohl nicht der Führerschein sei.

Ich bestätigte seine Annahme und gestand ihm, dass ich den in meinem Hotel vergessen hätte.

Oh, das sei in Indonesien ein ganz

schweres Vergehen und das müsste er leider mit einer Strafe ahnden. Das erzählte er mir zwei oder drei Mal. Vielleicht hatte er gehofft, dass ich mich mit einem Trinkgeld freikaufen könnte. Leider kannte ich den Trick zu dem Zeitpunkt aber noch nicht.

Also blieb es bei der Strafe.

Ich fragte, wie viel ich denn zu zahlen hätte.

Er nannte die Summe , die ich schnell im Kopf umrechnete.

Es machte gerade mal 6,69 €!

Ich musste mir bei dem Gedanken ein Grinsen verkneifen, denn mit so wenig hatte ich überhaupt nicht gerechnet.

Während er den schriftlichen Kram erledigte holte ich meinen Fotoapparat heraus und fragte, ob ich von ihm ein Foto machen dürfte.

„Nein, nicht während der Arbeit!"

Aber morgen könnte ich ihn zu Hause besuchen, seine Uniform anziehen und Fotos machen so viel ich wolle.

Natürlich nahm ich sein Angebot nicht an, sicher war es auch nicht ganz ernst gemeint.
Die Indonesier machen oft aus reiner Höflichkeit solche Angebote.

1.06. Volleyball am Strand

Im Urlaub wurde am Strand immer Volleyball gespielt, das war in Prerow an der Ostsee genau so wie in Südfrankreich am Mittelmeer.

An der Ostsee bekam das Spiel aber eine besondere Note. Es war nämlich immer ein Russisch-Lehrer auf dem Campingplatz, der guten Kontakt zu den russischen Soldaten auf der Funkstation am Leuchtturm hatte, der aber in einer absoluten Sperrzone lag.

Jedes Jahr wurden wir von den Soldaten eingeladen, um in ihrem Camp gegen sie zu spielen. Das machte mächtig Spaß. Denn das waren gute Spieler, sodass wir uns mächtig anstrengen mussten, um wenigstens ein mal zu gewinnen.

Danach durften wir bei ihnen duschen und mit ihnen Abendbrot essen. Meistens gab es leckere Bratkartoffeln. Und anschließend immer einen Film anzuschauen.

Natürlich sprachen wir regelmäßig auch eine Gegeneinladung aus, die sie gerne an nahmen. Letztlich durften sie aber ihr Camp doch nicht verlassen. Und deshalb mussten wir das nächste mal wieder zu ihnen gehen.

Sicher hatte man Angst, dass die Soldaten dadurch zu engen Kontakt zu Deutschen bekommen könnten. Vielleicht lag es aber auch nur daran, dass sie Angst hatten, sich etwa am FKK ausziehen zu müssen.

Das könnte ja einer Blöße gleich kommen!

1.07 Das Motiv

Schon als Tischlerlehrling hatte ich mir einen gebrauchten Fotoapparat gekauft. Ich war ganz stolz auf meine Voigtländer mit ausklappbarem Objektiv. Gerne fotografierte ich Naturbilder, aber auch Personen, um so Erinnerungen fest zu halten.

Sicher hatte ich die Leidenschaft von meiner Mutter geerbt. Denn sie hatte auch schon ein ganz einfache Box von Agfa, mit einem kleinen Hebelchen an der Seite als Auslöser. Sie fotografierte oft und gerne, obwohl sie eine einfache Bäuerin war.

Besonders gerne hielt sie Begegnungen fest, wenn jemand von der Verwandtschaft da war. Und das war recht oft der Fall, denn sie hatte immerhin sechs Schwestern, die alle nicht sehr weit weg wohnten.

Leider sind durch die Flucht 1945 alle Bilder und natürlich auch der Fotoapparat verloren gegangen.

Aber, weil meine Mutter oft Bilder an Verwandte verschickt hatte, kamen ab und zu nach 1945 ein paar Bilder wieder zu uns zurück zu uns.

Natürlich hatte ich meinen Fotoapparat auch im Urlaub in Prerow an der Ostsee dabei. Obwohl es nicht ganz einfach war, ihn beim Campen vor Seesand, Sonne und Salzwasser immer genügend zu schützen.

Sehr beliebt waren am Wasser natürlich die Sonnenauf- und Untergänge. Dazu suchte ich mir meist schon abends die Motive aus und legte auch schon den Standort genau fest, denn wenn die Sonne auf geht muss es schnell gehen. In ein paar Minuten ist die interessanteste Stimmung auch schon wieder vorbei.

Den Sonnenaufgang konnte man gut an unserem Strand fotografieren, denn der war nach Osten orientiert. Aber interessante Sonnenuntergänge gab es nur am Weststrand. Das bedeutete, dass man genau die Witterung rechtzeitig beurteilen musste. Wenn es sich abzeichnete, dass es einen schönen Sonnenuntergang geben könnte, musste man sich rechtzeitig auf den Weg machen, denn vom Oststrand zum Weststrand brauchte man mindestens eine halbe Stunde durch den Urwald. Oft sind wir durch den Wald gerannt, nicht nur wegen der Zeit, sondern auch wegen der vielen Mücken, denn der Wald ist durchzogen von Sumpfgebiet und da gab es viel Mücken. Dadurch brauchten wir manchmal nur gute 10 Minuten.

Besonders interessant waren dort Motive mit den schräge stehenden Windflüchtern oder mit Steinen, Seetang und Muscheln am Strand.

Leider sind aber alle meine Bilder von **vor 1963** bei meiner Flucht verloren gegangen. Dafür habe ich sie fast alle noch fest in meiner Erinnerung.

1.08 Der Durchbruch

Gerne spielten wir Kinder auf unserem Bauernhof auch in der Scheune. Besonders dann, wenn das meiste Heu schon verfüttert war, machte es am meisten Spaß. Dann war der ganze Heuboden bis auf einzelne Haufen und einer dünnen Heuschicht leer. Beim Spielen trat ich auf eine lose Bohle, die längst hätte wieder befestigt werden sollen. Die Bohle verschob sich und ich fiel durch die Decke direkt in den Kuhstall. Ich segelte direkt meiner Susi vor die Füße. Alle Kühe bekamen einen gehörigen Schreck und wurden unruhig. Nur meine Susi stand ganz still, beugte sich zu mir hinunter und beschnupperte mich, als wenn sei mich trösten wollte.

Mir war tatsächlich nichts passiert, ich hatte nur einen rechten Schreck bekommen. Ich stand auf, streichelte meine Susi und ging wieder aus dem Stall. Das war gerade noch mal gut gegangen.

1.09 Die Milchkanne

Als der Krieg 1945 zu Ende war, saßen wir noch auf unserem Bauernhof in Hinterpommern. Ein paar Tage danach kamen Russen und trieben alle Tiere auf dem Gut des Dorfes zusammen, wo die russische Kommandantur war. Auch alle unsere Kühe wurden weg getrieben.

Es dauerte ca. eine Stunde, da war meine Susi wieder auf dem Hof. Sie hatte wohl gemerkt, dass da etwas nicht stimmte und war ganz alleine zurück gekehrt. Leider war es nicht möglich, sie zu verstecken, so dass sie beim nächsten Russenbesuch wieder mitgenommen wurde.

Einige Zeit später fuhren jeden Tag Russen mit Pferdewagen bei uns vorbei, um aus allen umliegenden Dörfern Kartoffeln zu holen.

Plötzlich hielt ein Wagen und ein junger Russe kam auf unseren Hof. Wir saßen in der Küche und sahen ihn kommen.

Er kam in unsere Küche und fragte unsere Oma, ob sie Streichhölzer hätte.

Oma war Stock sauer! Sie gab nur zurück, dass da im Herd Feuer sei.

Der Russe bückte sich, nahm einen Holzspan aus der Kiste vor dem Herd und steckte ihn in die Glut. Dann zündete er sich damit seine mit grobem Machorka gefüllte Papirossa, eine aus Zeitungspapier und grobem Tabak selbst gedrehte Zigarette an.

Danach fing er an mit uns Kindern zu sprechen. Ob wir den auch genügend Milch hätten, wollte er wissen. Da kam er bei unserer Oma aber gerade richtig. Woher sollen wir denn Milch haben, wenn ihr alle Kühe mitgenommen habt? Dann fragte der junge Russe, ob Oma eine Milchkanne hätte. Nun war für Oma aber das Maß endgültig voll und sie schimpfte nur noch.

Der Russe ließ aber nicht locker, bis ihm Oma tatsächlich eine 3-Liter-Kanne aushändigte. Damit ging er dann wieder.vom Hof.

Obwohl er nur Russisch und Oma nur Deutsch gesprochen hatte, war die Verständigung aber doch perfekt gewesen. Mir schien, dass er auch so eine Oma zu Hause hatte, denn er hatte alles ohne Murren eingesteckt.

Oma buchte die Kanne unter *Verlust* und die Sache sollte vergessen sein.

Spät am Abend, es war schon dunkel, da klopfte es an der Haustür. Oma machte auf und staunte.

Da stand der junge Russe mit der vollen Milchkanne und übergab sie ihr freudestrahlend.

1.10 Der Traum

Der junge Russe, der uns die Kanne voller Milch gebracht hatte, hielt seitdem jedes Mal bei uns, wenn er hier vorbei fuhr und holte sich Feuer für seine Papirossa.

Er brachte auch manchmal etwas mit, wie etwa zwei Eier oder ein Stück geräucherten Speck. Uns war unklar, woher er das hatte, aber es war uns auch egal. Dadurch begann auch Oma ihn nett zu finden und behandelte ihn freundlich.

Ja, er tauchte sogar an einem Sonntagvormittag bei uns auf, stellte seine Maschinenpistole an die Hauswand und spielte mit uns Kindern, indem er uns auf der Schaukel an stieß.

Wir fanden ihn mit der Zeit alle richtig nett, ja ich träumte sogar von ihm.

Als er eines Tages wieder kam sagte ich zu ihm, dass ich gerne mit ihm mitfahren würde, um mit seinem Kommandanten zu sprechen. Er schaute mich zuerst etwas ungläubig an und dann nickte er ganz begeistert. Iwan, so hieß er, schaute auf seine Armbanduhr, die er aber am *rechten* Arm und sogar *verkehrt herum* umgebunden hatte und zeigte mit den Fingern *in zwei Stunden*. Da würde er auf dem Rückweg wieder hier vorbei kommen. Wortlos nahm ich ihm die Uhr ab, zog sie mit der Hand auf, stellte sie nach unserer Küchenuhr richtig und band sie ihm richtig herum an das **linke** Handgelenk.

Jetzt konnte er sie sogar ablesen und er war richtig stolz. Dann fuhr er weiter.

Ich ging nach einer Stunde auf die Straße und setzte mich auf die sogenannte Milchbank, sie war etwa 1,50 Meter hoch, die mein Vater direkt an die Straße gebaut hatte, um darauf die Milchkannen abzustellen, die zur Abholung an die Straße gestellt wurden. Jetzt stand da freilich keine Kanne, nicht mal eine leere. Geduldig wartete ich darauf, dass Iwan zurück kommen sollte.

Nach gut zwei Stunden sah ich in der Ferne eine Staubwolke.

Aha er kommt, dachte ich.

Ich stellte mich auf die Milchbank und als er ganz nahe an mir vorbei fuhr, sprang ich im Fahren einfach auf seinen Panje-Wagen, der mit Kartoffeln beladen war.

Nach zehn Minuten fuhren wir im Gut Krampe auf den Hof. Es sah hier jetzt ganz anders aus, es war alles viel unordentlicher und schmutziger, als früher. Er hielt, damit die geladenen Kartoffeln abgeladen werden konnten und bat mich zu warten.

Weil mir das aber irgend wann zu langweilig wurde ging ich über den Hof und auf die anschließende Wiese, wo ich viel Kühe grasen sah. Einige hatten sich sogar schon hin gelegt, weil sie satt waren und kauten. Kühe sind nämlich Wiederkäue, die das Gefressene später noch einmal aufstoßen und erneut kauen. Langsam ging ich durch die große Herde und begann nach einer Weile „Susi" zu rufen. Als ich fast ganz durch war und immer noch rief, erhob sich eine schwarze Kuh mit spitzen Hörnern und kam auf mich zu.

Es war tatsächlich meine Susi!

Sie beugte sich zu mir herab und ich nahm sie in den Arm. So standen wir eine ganze Ewigkeit.

Als ich mich um sah bemerkte ich, dass inzwischen Iwan mit seinem Kommandanten auf uns zu kamen. Ich ließ die Kuh los und ging ihnen entgegen. Susi war mir noch ein Stück gefolgt, blieb dann aber doch stehen.

Ich ging zum Kommandanten, der mich grinsend empfing, denn er hatte die Begegnung mit meiner Kuh genau beobachtet. Ich hatte mir vorher schon ein paar Sprüche zurecht gelegt, die ich nun anbrachte:

Ich verstünde ja, dass wir die Verlierer und sie die Gewinner in diesem Krieg

seien. Aber es sei doch fast unmensch-
lich, den Bauern alles Vieh einfach weg
zu nehmen. Zur eigenen Ernährung, besonders der Kleinkinder, sollte man
doch jedem Bauern wenigstens eine
Kuh im Stall lasen.

Der Kommandant sah mich überrascht
an und schaute sehr nachdenklich.
Dann sprach er plötzlich ganz aufgeregt
mit den Soldaten, die ihn begleitet
hatten.

Danach wandte er sich an mich und ließ
mir durch einen Dolmetscher sagen,
dass ich meine Kuh wieder mit nach
Hause nehmen dürfe. Ich ging darauf
zurück zu meiner Susi streichelte sie
und flüsterte ihr ins Ohr „Komm, wir
gehen jetzt wieder nach Hause."

Genau in dem Moment, als wir bei uns
auf den Hof kamen, bin ich aufgewacht.
Susi war weg und ich habe sie auch nie
mehr wieder gesehen. Wahrscheinlich
war sie schon längst geschlachtet.

1.11 Erste Radtour

Obwohl ich beruflich stark eingespannt war, versuchte ich in der Freizeit viel mit unseren Kindern zu unternehmen. Schon deshalb, weil ich einen gewissen Ausgleich schaffen wollte zu der doch recht stressigen Erziehung meiner Frau.

Schon frühzeitig brachte ich ihnen das Fahrrad fahren bei, indem wir auf den Nahen Rollschuhplatz hinter unserem Haus gingen und dort übten. Stundenlang bin ich hinter ihnen her gelaufen, bis sie es alleine konnten.

Ich weiß noch, dass das bei unserem Kleinen an einem Abend sogar klappte.

Nun musste natürlich die neue Kunst auch ausprobiert werden. Dazu nutzten wir das Frühjahr 1975, um mit Fahrrädern nach Bad Urach zu fahren. Es war ein Wagnis, denn sie waren erst 7 und 4 Jahre alt.

Auch war es ist nicht ganz einfach immer Wege zu finden, die nicht auch von Autos benutzt werden. Deshalb musste

ich ganz besondere Vorsicht walten lassen.

Wenn es kritisch war, fuhr ich vorne
und ließ die beiden im Gänsemarsch
hinter mir her fahren.

Wenn es ungefährlich war, ließ ich die
Buben vor mir fahren, damit ich beobachten konnte, wie sie sich im Verkehr
verhielten.

Freilich wäre es einfacher gewesen,
wenn wir zwei Erwachsenen gewesen
wären, aber meine Frau hatte keine Zeit
für solche Späßchen.

Wir fuhren zwar langsam, aber wenigstens kamen wir alle unbeschadet in
Bad Urach an. Freudestrahlend hielten
wir am nächsten Telefonhäuschen, um
das zu Hause zu berichten. Ein Handy
kannte man noch nicht.

Wir stellten unsere Fahrräder an ein
Geländer direkt an einem Seitenflüss-
chen der Erms. Während ich telefonierte konnte ich unsere Fahrräder
sehen. Plötzlich beobachte ich, dass

sich mein Rucksack , der nur lose auf dem Gepäckträger gelegen hatte löste und in den Kanal fiel. Schnell beendete ich unser Gespräch und sprang dem Rucksack nach. Schon an der nächsten Biegung konnte ich ihn wieder heraus fischen.

Um den Rucksack wäre es ja nicht so schlimm gewesen, aber unser Vesper war auch darin!

Wir mieteten uns dann in der Jugendherberge für zwei Nächte ein, was für die Buben eine ganz besondere Erfahrung war. Sogar eine Nachtwanderung, jeder mit einer brennenden Fackel in der Hand, durften sie unter Leitung des Herbergsvater mit machen. Nach zwei Tagen kamen wir unbeschadet wieder zu Hause an.

Insgesamt war es ein großes Erlebnis für die Kinder.

1.12 Albwanderung

Im nächste Frühjahr las ich zufällig in der Zeitung, dass für Familien ein Angebot gestartet wurde unter dem Titel:

Oster-Wandern auf der Alb von Bauernhof zu Bauernhof.

Geboten wurde Quartier mit Frühstück. Die Route konnte man selbst wählen und die Reihenfolge auch. Das hörte sich sehr interessant an.

Ich erzählte es den Buben und sie waren hell begeistert. Also buchte ich fünf verschiedene Quartiere so im Abstand von ca. 20 Kilometer. Sollte das zu viel sein, könnte man abkürzen und wäre es zu wenig, könnte ich Umwege machen. Schließlich kannte ich mich auf der Alb ein wenig aus und außerdem hatte wir ja eine Wanderkarte dabei.

Wir zogen einigermaßen geeignete Wanderkleidung an und packten noch ein paar Reserve-Stücke in den Rucksack, den ich trug.

Mit dem Linienbus fuhren wir auf die Alb und dann marschierten wir los. Langweilig wurde es überhaupt nicht, denn immer wieder kamen wir an interessanten Plätzen vorbei. Auf jedem Spielplatz musste ich natürlich ohnehin Halt machen. Als Mittagessen hatte ich für jeden ein paar Bratwürste einge-packt, die wir mittags an einem selbst entfachten Lagerfeuer gebraten haben. Zuerst schickte ich sie aber los, um Brennmaterial zu suchen. Daraus stapelten wir dann eine Pyramide auf in die ein Stück Zeitungspapier gesteckt wurde.

Dann wurde das Papier angezündet. Meistens brannte es sofort.

Dann mussten sie jeder einen geeig-neten Stecken finden, damit man die Wurst übers Feuer halten kann. Dabei zeigte sich, dass sie schon eine Menge gelernt hatten. Sie kamen nämlich jeder mit einer Gabel zurück. Die hätte den Vorteil, dass sich die Wurst nicht drehen könne, wenn man sie wendet.

Nach dem essen und einer angemessenen Pause marschierten wir dann wieder weiter.

Unser erstes Quartier sollte in einem kleinen Dorf bei einer Lehrerin sein. Schnell hatten wir das Haus gefunden und klingelten. Eine junge Frau öffnete und erschrak.

An euch hatte ich heute gar nicht gedacht! Aber egal, kommt rein, ihr dürft im Kinderzimmer meiner Tochter übernachten, die gerade nicht zu Hause ist.

Das Zimmer war komplett für ein junges Mädchen eingerichtet und wir durften alles benutzen. Wir schliefen herrlich!

Nach dem Frühstück, das wir im Zimmer serviert bekamen, zogen wir weiter, gespannt, was uns im nächsten Quartier erwarten würde.

Der Tag verlief wie gestern, mit vielen Überraschungen. Zum Beispiel wollten wir in einem kleinen Bach Forellen fangen, aber die waren zu schlau, so mussten wir bei unseren Bratwürsten bleiben.

Die nächste Übernachtung war wieder in einer Siedlung eines kleinen Dorfes in einem neuen, modernen Haus. Wir hatten eine ganze Ferienwohnung für uns, die im Souterrain lag. Sogar ein großes Bad mit Wanne und Dusche gab es und auch einen Fernseher.

Die Buben wollten es sich hier gleich gemütlich einrichten. Nach dem kühlen Tag würde ein Wannenbad sicher gut tun.

Vom Fenster aus konnte wir den ganzen Hof übersehen. Da war der Hauswirt gerade dabei, einen Berg gehacktes Holz zu einer Miete aufzuschichten.

Ich sagte zu den Kindern, dass der aber noch viel Arbeit vor sich hätte, bald würde es dunkel werden und am nächsten Tag war Ostern.

Wollen wir ihm nicht helfen,

gemeinsam könnte wir es noch schaffen?

Natürlich hatten die Buben keine Lust mehr, schließlich lockte doch der Fernseher.

Gut, sagte ich, dann gehe ich eben alleine. Das wollten sie aber doch nicht auf sich sitzen lassen und folgten mir.

Der Besitzer freute sich, denn tatsächlich ging es zu viert wesentlich schneller.

Während der Arbeit war auch noch Zeit zur Unterhaltung. Und ich fragte beiläufig, wie lange er das Holz so liegen lassen müsste, bis man es verfeuern könnte. Er lächelte und meinte, dass man Birkenholz **ganz grün** verfeuern könne.

Wissens sie was, ich lade sie ein! Kommen Sie heute Abend einfach zu uns rauf, dann können sie es selbst sehen.

Gerne nahmen wir die Einladung an, denn wir waren ja alle gespannt.

Schnell danach geduscht, in den nächsten Gasthof, um etwas zu essen und dann war es auch schon Zeit hinauf zu gehen.

Zuerst durften wir das sehr geräumige Haus besichtigen. Dann lud die junge Frau die Buben zum Fernsehen ein und der Hausherr ging mit mir an die Hausbar, um genüsslich ein Bier zu trinken.

Gegen Mitternacht brachen war auf, um schlafen zu gehen, denn Bettschwere hatten wir heute.

Da sagte die junge Frau zu uns, dass wir morgen ja noch ein Frühstück bekämen. Sie schlage vor, dass wir zum essen zu ihnen nach oben kommen sollten, dann brauche sie nichts nach unten tragen.

Das gab ein Frühstück, wie zu Hause!

Sogar einen Schokoladen-Osterhasen hatte jeder auf seinem Teller.

Wohl genährt gingen wir nach dem ausgiebigen Frühstück weiter.

Was würde uns wohl heute erwarten?

Das Wetter hatte sich noch mehr abgekühlt, aber wenn man in Bewegung war, nahm man es gar nicht wahr.

Mittags gingen wir durch einen lichten Wald, in dem gerade die wilden Kirschen aus geglüht hatten. Immer wieder fielen kleine weiße Blütenblätter herunter.

Doch plötzlich fragte ich mich, wo denn die Blütenblätter her kamen, denn hier gab es doch gar keine Kirschenbäume. Da erst merkte ich, dass es langsam angefangen hatte leicht zu schneien. Da tat abends die warme Stube wirklich gut.

Das letzte Quartier war dann aber wirklich ein Bauernhof. So richtig mit vielen Kühen im Stall. Natürlich durften wir mit gehen, als die Kühe gemolken wurden.

Bisher kannte auch unsere Kinder nur Milch aus dem Laden. Zum Schluss gab es für Jeden noch ein großes Glas frische Milch direkt von der Kuh!

Allerdings ist das nicht jedermanns Sache, denn je nach Futter kann die warme Milch einen leichten Beigeschmack haben besonders, wenn im Winter Silofutter zu gefüttert wird.

Das kannte ich noch aus meiner Kindheit in Pommern, da bin ich auch immer mit meiner Mutter in den Stall zum Melken mit gegangen.

Ja, mit 12 habe ich meine Lieblingskuh *Susi* sogar jeden Morgen und Abend selbst ausgemolken, um meiner Mutter zu helfen.

Jedenfalls war unsere Albwanderung trotz des kühlen Wetters ein voller Erfolg.

1.13 Die Enttäuschung

Bei einer meiner letzten Gruppen-rundreisen waren wir wieder ein buntes Völkchen beieinander, junge, alte Pärchen und einzelne Individualisten.

Ich versuchte von Anfang an, mich wieder selbstständig zu machen. Im Bus trachtete ich danach, möglichst weit vorne einen Fensterplatz zu finden, weil ich auch unterwegs gerne fotografierte.

Doch alle vorderen Reihen waren schon belegt. Da bot mir eine alleinstehende Frau den Platz neben sich an. Sie meinte, dass wir auch gelegentlich die Plätze wechseln könnten, falls ich ans Fenster wollte.

Ich nahm gerne an, denn man konnte sich mit ihr recht gut unterhalten. Von unseren Plätzen aus konnten wir gut die wechselnde Landschaft beobachten.

Auch an den Folgetagen saßen wir zu-sammen, denn es hatte sich eingebür-gert, dass jeder seinen Platz behält, was manchmal genau umgekehrt war.

An einem Morgen war es noch sehr frisch, außerdem waren wir sehr früh weg gefahren. Deshalb hatten wir uns alle recht warm angezogen.

Dann schaltete der Fahrer die Klimaanlage ein und stellte sie auf ganz warm, so dass jetzt alle begannen Sachen auszuziehen. Auch Helga, neben mir, wurde es jetzt zu warm und sie wollte ihren Pullover ausziehen. Dazu bat sie mich, ihr Tuch so zu halten, damit die hinter uns sitzenden sie nicht sehen sollten. Sie hatte nämlich nur ein dünnes Hemd darunter. Ich hielt ihr das Tuch, aber weil es im Bus an der Stelle sehr niedrig war konnte ich es nicht sehr hoch halten. Dadurch sah ich notgedrungen über dem Tuch hinweg, was ihr aber offensichtlich nichts ausmachte. Sie hatte eine noch recht gute Figur trotz ihren ca. 35 Jahren und einen BH trug sie auch nicht.

So vergingen die Tage.

An einem Abend hatte ich keine Lust

mit der Gruppe lange durch die Stadt zu laufen, um dann irgend wo weit weg ein Lokal zu finden, wo auch Alkohol ausgeschenkt wurde.

Als das Helga hörte, schloss sie sich mit ihrer Zimmerkollegin mir an.

Wir fanden ganz in unserer Nähe ein gutes Lokal, wo das Essen schmeckte.

Beim Essen sagte ich, dass ich zu Hause noch zwei Dosen mit je 1/2 Liter Bier im Kühlschrank hätte, die würde ich anschließend opfern!

Deshalb gingen wir auch bald nach Hause. Wir verabredeten uns bei den Frauen im Zimmer in einer halben Stunde.

Ich ging in mein Zimmer duschte in Ruhe und zog mich frisch an. Dann ging ich zu den beiden Frauen.

Als ich herein kam wunderte ich mich, denn Helga saß schon ausgezogen im Bett!

Ich setzte mich auf ihre Bettkante und machte die erste Dose auf. Brigitte brachte drei Gläser und ich verteilte das Bier.

Dann stießen wir an.

Nach einer Weile fragte Brigitte ob sie uns alleine lassen könne, sie wolle jetzt duschen und ging ins Bad.

Sie konnte uns getrost alleine lassen, denn von Helga war inzwischen ein recht starker Schweißgeruch aufgestiegen, der mindestens schon ein paar Tage alt sein musste. Damit war für mich die Entscheidung gefallen!

Als Brigitte wieder aus dem Bad kam wunderte sie sich sich, dass ich immer noch auf der Bettkante saß. Ich goss jetzt die zweite Dose Bier ein, wir tranken aus und ich ging zurück in mein Zimmer.

Am nächsten Tag war Helga natürlich komisch zu mir, dass hatte ich aber auch nicht anders erwartet.

Jedenfalls saß ab jetzt ihre Zimmerkollegin Brigitte jeden Tag neben ihr.

Das hat mir aber meinen Urlaub nicht

verdorben. Ich setzte mich einfach eine Rehe nach hinten, wo bisher Brigitte gesessen hatte und nun hatte ich sogar eine ganze Reihe für mich alleine.

1.14 Skipiste im Sommer

In einem Frühjahr plante wir, unseren Wintersport-Ort einmal im Frühsommer zu besuchen. Wir buchten also wieder unser Quartier in Alberschwende.

Fast zur gleichen Zeit hatte mein Sportclub eine Freizeit im eigenen Freizeitheim nahe der österreichischen Grenze geplant.

Was tun, beides wäre interessant.

Da meinte mein Freund, es sei doch gar kein Problem. Wir sollte alle drei zuerst ein paar Tage ins Vereinsheim mitkommen und dann anschließend nach Österreich weiter fahren.

Das Vereinsheim lag so hoch, dass da noch Schnee war, also sogar noch Ski fahren möglich war.

Der Vorschlag war gut, das machten wir, denn die Buben waren ganz begeistert von diesem Doppelurlaub mit Ski fahren **und** Wandern.

Doch das hatte auch seine Tücken!

Die Anreise zum Heim führte kurz

durch einen Zipfel von Österreich, wir mussten also mehrmals die Grenze überqueren. Das gab damals noch Probleme.

Zuerst mussten wir Zoll zahlen auf Lebensmittel, weil eine Familie einen großen Topf mit selbst gemachten vor gekochten Maultaschen dabei hatte, die natürlich mit Fleisch gefüllt waren. Dann kam ich an die Reihe. Der Zoll wollte meinen Kofferraum sehen. Und da standen ein paar fast neue Wander-schuhe, einer österreichischen Marke. Weil die neu aussahen müsste ich Zoll zahlen, wenn ich damit jetzt nach Deutschland einreisen wolle, meinte der Zöllner. Obwohl ich beteuerte, sie vor einem Jahr in Deutschland gekauft zu haben, bestand er darauf, das ich Zoll zahlen müsse.

Da fiel mir ein, dass ich ja die Schuhe im Original-Karton eingepackt hatte. Also suchte ich den Karton. Darin lag auch noch die Quittung und damit war ich entlastet und der Zöllner sichtlich enttäuscht!

Die 3 Tage Aufenthalt im Vereinsheim verliefen sehr harmonisch. Die beiden Buben fanden sehr schnell Anschluss bei den Vereinsmitgliedern und waren somit den ganzen Tag auf der Piste. Ich dagegen begnügte mich mit unserem Abteilungsleiter nur Langlauf zu machen, denn bei uns Beiden machten im Moment die Knie gerade Probleme.

Nach ein paar Tagen verabschiedeten wir uns und fuhren weiter in unseren Urlaubsort nach Alberschwende.

Wir wurden freudig von unseren Vermietern begrüßt und richteten es uns wieder gemütlich ein.

Von hier aus planten wir nun täglich Ausflüge in die nähere und weitere Umgebung. Zuerst wanderte wir die Skipiste ab, die wir im Winter herunter gefahren waren. Manchmal kam es uns fast unmöglich vor, dass wir dort abgefahren sein konnten, so steil war es.

Dann fuhren wir etwas weiter in ein
Tal, das auf der Nordseite des Berges
lag, hier war es im Winter auch immer
recht lustig zu gegangen, weil es hier
keinen Lift gab, dafür aber weniger
Leute unterwegs waren.
Hier lag tatsächlich noch etwa ein
Meter Schnee. Spontan hielten wir
sprangen aus dem Auto und im Nu war
die größte Schneeballschlacht im Gan-
ge.
Nach einiger Zeit signalisierten beide
Buben, dass sie nun nicht mehr könnten
und warfen sich auf den Rücken in den
Schnee. Ich hatte die Beiden tatsächlich
bis zur Erschöpfung gefordert, das hatte
es bisher noch nie gegeben.
Der etwas ungewohnte Urlaub ging zu
Ende und alle waren auf ihre Kosten
gekommen. Noch lange wurde davon
erzählt.

1.15 Rippenbruch

Mein zweites Berufspraktikum machte ich in Plauen. Alle die noch keinen Beruf hatten mussten zu den Maurern oder zu den Zimmermännern um körperlich zu arbeiten.

Die bereits einem Beruf gelernt hatten, wurden dagegen als sogenannte Hilfsbauleiter eingesetzt.

Ich hatte Glück, ich kam in einem großen Baubetrieb in die Gütekontrolle.

Das bedeutete, dass ich mit einem älteren, sehr erfahrenen Kollegen ständig auf den Baustellen des Betriebes unterwegs war, um darauf zu achten, dass überall die gültigen Standards eingehalten wurden.

Das begann bei der Betongüte und reichte bis zu den Sicherheitsstandards. Auf einer Baustelle hatten wir die Standsicherheit des Baukranes zu überprüfen. Dabei bin ich gestolpert und wegen einem nicht vorschriftsmäßig gesicherten Geländer aus ca. 2 Meter

Höhe herunter gefallen.

Das wäre sicher nicht schlimm gewesen, aber ich fiel direkt ins Schotterbett des Kranes. Ich merkte schon beim Aufstehen, dass das nicht gut gegangen war. Die Rückenschmerzen wurden von Minute zu Minute schlimmer. Ich quälte mich so durch den Tag und ging am nächsten Tag zum Arzt. Der stellte fest, dass ich mir zwei Rippen an und drei Querfortsätze abgebrochen hatte. Querfortsätze sind die untersten kurzen Rippen. Obwohl das fürchterlich schmerzte, war ich froh, dass es nicht das Rückgrat getroffen hatte, dann hätte ich sogar gelähmt sein können.

Ja, sagte er, das bedeutet 6 Wochen krank! Ich erwiderte ihm, dass das unmöglich sei, denn ich machte gerade ein sechswöchiges Praktikum und das hatte gerade erst begonnen.

Er reichte mir nur die Hand und sagte **raus!**

Damit schickte er mich fort. Wenn der

also meinte, dass er mich einfach so laufen lassen könne, dann könnte es schon nicht sehr gefährlich sein, eben nur schmerzhaft. So ging ich wieder nach Hause und legte mich ins Bett.

Als ich am nächsten Morgen aufstehen wollte und meine Rückenmuskeln anspannte, war der Schmerz unerträglich. Langsam rutschte ich an die Bettkante und stellte die Füße auf den Boden. Dann zog ich mich mit den Händen hoch aus dem Bett. So ging es, aber wie würde es am Tage sein?

Um zu vermeiden, dass ich die Rückenmuskeln anspannen musste steckte ich mir mein Din-A-5 großes Notizbuch mit steifem Deckel, hinten in den Hosenbund. So hatte ich eine gute Stütze und kaum Schmerzen. Als wir auf eine Baustelle kamen stand uns eine volle Karre im Weg. Ich erfasste die Handgriffe und wollte sie weg schieben. Doch schmerzverzerrt ließ ich die Griffe sofort wieder los. Das hatte ein

Maurer beobachtet, der über mir auf dem Gerüst stand und fragte, was ich hätte. Ich musste ihm meine Geschichte erzählen und er ging mit mir sofort in den Sanitätsraum der Baustelle. Ich war nämlich zufällig an den Sanitäter der Baustelle geraten.

Er nahm Klebeband und verklebte mir damit den ganzen Rücken. Das war zwar ungewohnt, aber angenehm, denn so war die Muskulatur entlastet und ich hatte kaum mehr Schmerzen.

Am Wochenende gingen meine Freund ins Freibad und fragten, ob ich mit ginge. Ich dachte mir nichts dabei und ging mit. Als ich aber mein Hemd ausgezogen hatte glaubten alle Leute, ich hätte eine große Wunde. Mehrfach musste ich nun erklären, dass ich nuuuuuur einige gebrochene Rippen hätte.

Nach 6 Wochen war der Rücken wieder heil und mein Praktikum zu Ende.

1.16 Heimliche Fahrschule

Wie immer fuhren wir im Sommer nach Cap de Agde in Südfrankreich auf unseren Campingplatz. Dort trafen unsere Kinder immer wieder ihre Freunde von den Vorjahren.

So auch in diesem Jahr.

Schräge uns gegenüber war Dieter und Josee mit seiner Tochter Melanie. Er hatte seinen Wohnwagen das ganze Jahr hier zu stehen, so brauchte er nur mit seinem Auto anreisen.

Dieses Jahr kam er aber mit Hänger, denn er brachte seine Enduro mit. Das war eine 125-er Geländemaschine. Unser Große fragte mich gleich, ob ihn Dieter wohl darauf auch mal fahren ließe, denn er hatte zwar schon einen Führerschein, aber nur ein kleines 50-Motorrad. Ich gab zurück, dass er ihn schon selbst fragen müsse.

Am nächsten Tag regnete es und wir saßen im Zelt. Die Buben wollten mich animieren mit ihnen Karten zu spielen, aber ich hatte gerade etwas wichtiges zu tun und außerdem dazu keine Lust. Nachdem sie mich nervten sagte ich zu ihnen, sie sollten doch zu Melanie gehen und fragen, ob sie Lust hätte mit ihnen zu spielen.

Schließlich trauten sie sich beide hinüber zu gehen. Dieter war sofort einverstanden, denn seine Tochter hing auch nur lustlos bei dem Wetter herum und nervte ihn.

So saßen sie nun stundenlang in unserem Zelt und spielten bis die Sonne heraus kam. Dabei hatte unser Großer von Melanie erfahren, dass Dieter das Motorrad nur mitgebracht hatte, um Melanie das Fahren beizubringen.

Das traf sich gut, denn unser Großer bot Dieter an, den Fahrlehrer zu spielen, der sich darüber freute und sofort zusagte. Nun konnten sie beide auf dem Campingplatz üben, denn dies war ja Privatgelände und Platz war auch genug. So hatten wir zwei Fliegen mit einer Klappe geschlagen.

Richtig besiegelt wurde diese Freund-schaft ein paar Tage später, als Melanie ihren 16-ten Geburtstag feierte.

An den Wochenenden fuhren die Bei-den dann stolz mit der Enduro zur Disko am Hafen, die aber auch auf dem Campingplatz lag.

Komisch, wenn die Beiden weg fuhren verschwand auch mein Kleiner mit dem Fahrrad. Ob die wohl das gleiche Ziel hatten, ging mir durch den Kopf?

Eines Abends wollte ich es doch ge-nauer wissen und ging denen hinter her, denn es war ja nicht weit.

Da sah ich wie die beiden Großen dem Kleinen die Motorradschlüssel gaben und in die Diskothek gingen. Ich sah eine Weile zu, denn nun wollte ich wissen, was da wohl so passiert. Der Kleine schob die Maschine an einen großen Stein und stieg auf das Motor-rad, alleine aufzusteigen war er noch zu klein, denn er war ja erst 12 Jahre. Wie ein Alter bewegte er die Maschine, man konnte erkennen, dass er bei mir schon viel gelernt hatte.

Im Prinzip hatte ich ja nichts dagegen, hatte ich doch selbst beiden das Fahren beigebracht. Aber hier so nahe am Hafenbecken und das auch noch bei Dunkelheit!

Sicher wäre es niemanden aufgefallen, wenn der Kleine versehentlich ins Hafenbecken gestürzt wäre.

Da musste ich unbedingt einschreiten.

Als ich mich ihm in den Weg stellte, war er total verblüfft, hatte er hier doch mit mir gar nicht gerechnet.

Er fuhr an seinen großen Stein und stieg ab.

Damit war seine heimliche Fahrschule beendet!

Es war Gott sei Dank nichts passiert.

1.17 Die Pflanzenkläranlage

In der Freizeit im Kibbuz machte ich immer Wanderungen in die nähere Umgebung, bewunderte die vielen Plantagen und erntete manchmal sogar noch etwas ab, wie im Frühjahr z. B. Mandeln oder Datteln vom vorigen Jahr.

Dabei stieß ich auch auf die Kläranlage, wo alle Abwässer des ganzen Kibbuz „entsorgt" wurden. Das war eine richtige Sauerei, nein noch schlimmer, eine reine Wasser-Verschwendung. Denn man ließ das Abwasser einfach in ein Becken laufen, wo sich die Schwebeteile absetzten. Den Rest ließ man einfach stinkend durch die Wüste laufen, bis es versickert oder verdunstet war.

Am nächsten Tag versuchte ich heraus zu finden, wer dafür verantwortlich war. Gil war verantwortlich, also versuchte ich mit ihm ein Gespräch zu führen. Natürlich war mein aber auch sein Englisch nicht so gut, so dass er zuerst versuchte mich abzuwimmeln, indem er mich einfach nicht verstehen wollte.

Ich drehte meine Sätze um und versuchte es noch einmal.

Endlich ging er auf mich ein und ich erklärte ihm, dass es eine Schande sei, das Abwasser ungenutzt einfach in die Wüste laufen zu lassen!

Dazu gäbe es heutzutage Pflanzenkläranlagen, damit könne man das Abwasser wieder so aufbereiten, dass es als Bewässerung der Plantagen wieder genutzt werden könnte.

Ich hätte davon schon in Deutschland erfahren und würde ihm Unterlagen zukommen lassen, wenn ich wieder zu Hause sei.

Ich schickte Unterlagen an eine junge Deutsche, sie hieß Carola und wollte Geologie in Beer Shewa studieren. Nach einiger Zeit schrieb ich ihr eine Mail, bekam aber erst nach mehrmaliger Nachfrage eine ausweichende Antwort.

Im übernächsten Jahr fuhr ich wieder nach Israel auf den Kibbuz, um zu arbeiten. Zuerst ging ich immer auf den Hausberg, um mir den ganzen Kibbuz, wie auf einem Lageplan, anzusehen. Dabei fielen mir direkt unterhalb des Berges ein paar Beete auf. Ich ging hinunter und staunte, denn es waren Versuchsbeete, in denen man eine kleine Pflanzenkläranlage ausprobiert haben musste. Jetzt waren sie aber eingetrocknet.

Nun interessierte mich doch brennend, wie es in der alten Kläranlage wohl aussehen würde. Tatsächlich war hier nun alles anders. Ein Zaun umschloss jetzt die ganze Anlage. Am Tor war ein großes Schild auf dem in Englisch prangte,

Neue Pflanzenkläranlage gebaut mit Mitteln aus der EU!

Als ich daraufhin wieder mit Gil

sprach, erklärte er mir ganz stolz, dass man schon das erste Wasser zum Bewässern von Pflanzen benutzt hätte.
Geht doch – dachte ich da nur!

1.18 Der Jeep

Bei meinem ersten Kibbuz Aufenthalt musste ich in der ersten Woche in der Küche arbeiten. Das war nicht uninteressant, aber ich wollte ja alle Arbeiten kennen lernen. Also meldete ich mich abends beim Aufstellen des Arbeitsplanes für den nächsten Tag bei Iris, der Schreiberin.

Es klappte, am nächsten Tag durfte ich beim Gärtner arbeiten. Das war ein Franzose, der Even hieß, aber kein Hebräisch, kein Deutsch und ungern Englisch sprach. Auch war er ein rechter Eigenbrötler, deshalb gingen ihm die anderen oft aus dem Wege.

Am ersten Morgen war er schon recht in Hektik, wir müssten zum Außenposten fahren, um dort einiges zu reparieren. Er warf eine Rollen Bewässerungs-Schlauch, ein paar Verbindungsstücke und Werkzeug auf seinen Jeep, dann donnerten wir auch schon los zu der etwa 3 Kilometer entfernt liegenden Siedlung. Dort warf er die Schläuche, Verbindungsstücke eine Gartenschere und eine Machete vom Jeep herunter und sagte zu mir, ich solle die defekte Bewässerung in Ordnung bringen.

Ich fragte zurück, ob ich dazu nicht mehr Werkzeug bräuchte. Worauf er mir noch einen Dorn zu warf. Und schon fuhr er weiter, um eine andere Arbeit zu machen. Sollte ich noch Fragen haben, er sei dort hinten.

Nun stand ich alleine da! Ich besah mir zuerst die noch intakten Leitungen. Aha, so müsste meine fertige Arbeit also aussehen. Dann machte ich mich daran, die durch einen Bagger beschädigten Leitungen zu entfernen.

Es dauerte nicht lange und ich hatte alle defekten Leitungen durch neue ersetzt. Nun war ich gespannt, ob meine Arbeit auch funktionieren würde. Dazu suchte ich die Abstellhähne. In einem nahen Brennsesselbusch könnten sie sein. Mit meiner Machete bahnte ich mir einen Weg und fand tatsächlich die Absperrventile. Aber welches war nun mein Anschluss? Nachdem ich fast alle durch probiert hatte waren auch meiner dabei. Ich drehte alle auf und ging zu meinen Leitungen. Tatsächlich, aus allen Düsen kam Wasser!

Ich stellte wieder alle ab und ging um Even zu suchen. Als ich um die Ecke kam sah er mich auch schon und fragte, ob ich ein Problem hätte. Ich antwortete, dass ich fertig sei. Ja, meinte er, nun müsse ich auch noch prüfen, ob wirklich überall Wasser laufe.

Habe ich auch schon gemacht. Es läuft überall!

Waaaaaas?

Dann darfst du jetzt ausruhen, in einer halben Stunde sei er auch fertig, dann würden wir zum Mittagessen fahren.

Nach einer Weile kam er und meinte, dass wir jetzt fahren könnten. Aber er hätte jetzt ein Problem. Wir müssten den Traktor dort hinten auch noch mitnehmen und hielt mir beide Schlüssel hin. Womit möchtest du fahren, fragt er mich.

Diplomatisch antwortete ich darauf, wenn du mich schon so fragst, würde ich gerne mit dem Jeep fahren. Da drückte er mir den Schlüssel in die Hand und wir fuhren zurück. Ich vorne und er hinter mir. Sicher wollte er meine Fahrweise studieren. So fuhren wir am Speisehaus vor.

Als ich beim Essen war fragten mich verschiedene Leute, ob ich mit dem Jeep gekommen sei. Das sei aber eine absolute Ausnahme, denn Even lässt normalerweise niemand mit seinen Jeep fahren. Ja, antwortete ich, er hat mich gefragt, ob ich den Traktor oder den Jeep fahren möchte.

So nahm ich den Jeep.

Wir waren für eine Woche ein ausgezeichnetes Team.

1.19 Dattelernte

Bei einem meiner Arbeits-Aufenthalte war gerade Dattel-Ernte. Ich war zwar schon lange Rentner, aber ich mutete mir zu, noch ganztags zu arbeiten.

Die Dattelplantagen standen alle im etwa 12 km entfernten Jordantal. Man fuhr morgens um 6 Uhr dort hin, machte dort mittags Picknick und am Abend fuhr man wieder nach Hause.

Geerntet wurde mit selbst gebauten Ernte-Bulldozern. Das war ein Bull-dozer mit einer Plattform vorne an statt der Schaufel. In der Mitte war sie so geteilt, dass man links und rechts am Stamm vorbei kam.

Zwei bis drei Mann stiegen auf diese Plattform und fuhren dann damit am Stamm entlang hoch bis zur Krone.

Jeder nahm eine Obstkiste und erntete die Datteln, die in Trauben herab hingen. Die waren aber mit Jutesäcke umhüllt, damit die reifen Datteln nicht von Vögel gefressen werden konnten.

Man schnitt mit einem Messer unten den Sack auf und schüttelte die reifen Datteln herunter. Aber wirklich nur die reifen! Dann verschloss man den Sack wieder mit einer Nadel, die es am Stamm der Palme zur Genüge gab.

Dabei stach ich mich an einem solchen Dorn und zwar direkt unter einen Fingernagel. Ich zog ihn heraus, säuberte die Wund und arbeitete weiter.

Am nächsten Morgen hatte ich einen ganz angeschwollenen, vereiterten Finger. Damit musste ich wohl zur Ärztin. Wir hatten nämlich sogar eine funktionierende Krankenstation, die von einer Schweizerin geleitet wurde.

Sie schaute mich mitleidig an und fragte, ob mir denn niemand gesagt hätte, dass solche Nadeln von Palmen hoch giftig seien.

Nein, alle sagten nur, dass sie das auch schon gehabt hätten.

So musste auch ich mein Lehrgeld zahlen, mit ein paar Tage ausspannen.

Das tat mir aber auch gut, denn ich war
ja nicht mehr der Jüngste.
Sicher haben das Gleiche noch viele
andere Mitarbeiter ebenso erleiden
müssen.

1.20 Faschings-Unfall

Der Fasching wurde bei uns Studenten immer recht ausgiebig gefeiert.

Die Stadt stellte der Hochschule die großen Säle des Volkshauses kostenlos zur Verfügung. Wir Studenten übernahmen die Dekor-Arbeiten, wobei die Schule das Material bezahlte.

In einem Jahr hingen wir die Decke ab, um den Raum niedriger wirken zu lassen und machten aus dem Durchgang zwischen den beiden Sälen einen Elefanten. Im kleinen Saal war der Kopf, im großen Saal der Hintern. Man ging also sozusagen durch den Elefanten hindurch.

Wir feierten meist auch sehr ausgelassen, obwohl wir dazu gar nicht viel Alkohol benötigten.

Mitten im Trubel wollte ich vom großen in den kleinen Saal gehen, doch da saß ein Pärchen auf der Erde, direkt mir im Weg. Ich sprang über sie hinweg und landete mit meinem Kopf auf etwas

Hartem.

Bei genauer Betrachtung stellte sich heraus, dass gerade im selben Moment mir mein Freund entgegen kam und wir genau mit unseren Köpfen zusammen stießen.

Zuerst glaubte ich, es gäbe nur eine Beule bis ich merkte, dass ich fürchterlich blutete. Ich hatte über dem Auge eine klaffende Wunde!

Auf der Toilette kühlte ich die Wunde mit kaltem Wasser so lange bis sie aufhörte zu bluten. Dann feierte ich versehen mit einer dicken Sonnenbrille einfach weiter.

Am nächsten Tag war aber das Auge recht zugeschwollen, so dass ich mich entschloss zum Arzt zu gehen.

Ich erklärte ihm, wie es passiert sei und er meinte, dass er es nähen müsse. Aber auf eine Betäubungs-Spritze könne man verzichten, denn ich hätte sicher noch genug Alkohol im Blut. Er hatte es wohl an meinem Atem gemerkt.

Während wir uns weiter unterhielten nähte er die Wunde zu. Ich müsse auch nicht zum Fäden ziehen kommen, weil sich der Faden von selbst auflösen würden, meinte er und so entließ er mich.

So feierte ich die nächsten Tage weiter, immer bewaffnet mit einer Sonnenbrille.

Alle meinten, sie gehöre zu meiner Maskierung.

1.21 Anreise mit Hindernissen

Meine erste Anreise zum Kibbuz gestaltete sich recht ereignisreich. Ich buchte wie früher bei Arkia, einer israelischen Fluggesellschaft. Mit der hatte ich gute Erfahrungen gemacht und sie war die einzige Linie , die direkt flog. Leider hatte ich nicht bedacht, dass der Freitag in Israel so ist, wie der Samstag bei uns. Gegen Mittag landete ich in Tel Aviv. Um mit dem Linienbus nach Elat zu kommen, musste ich erst auf den Zentralbusbahnhof in Tel Aviv.

Das dauerte.

Dort orientierte ich mich und stellte fest, dass heute in gut 5 Minuten der letzte Bus Richtung Elat fuhr. Eigentlich sollte ich jetzt aber noch eine Karte für mein Handy kaufen, damit ich im Kibbuz wegen meiner Abholung anrufen konnte. So war es vereinbart.

Doch nun musste ich mich schnell entscheiden, denn eine Aktion war nur möglich!

Ich entschloss mich sofort auf den richtigen Busbahnsteig zu gehen. Gerade noch im letzten Moment fand ich meinen Bus. Kaum war ich eingestiegen, fuhr er auch schon ab.

Das war ein gutes Gefühl, aber gleichzeitig beschlich mich ein andres unangenehmes Gefühl:

Wie würde ich nun den Kibbuz erreichen?

Egal, kommt Zeit kommt Rat, dachte ich und lehnte mich erst mal entspannt zurück.

Aber natürlich ließ mich der Gedanke nicht los, eine Lösung für meine Ankunft zu finden.

Dann kam mir ein Gedanke. Schräge vor mir saß eine junge Frau mit einem kleinen Kind, die öfter mit ihrem Handy telefonierte. Die würde ich fragen, ob sie mir ihr Handy für ein kurzes Gespräch leihen könnte. Doch kaum hatte ich den Gedanken gefasst, war sie auch schon ausgestiegen.

Darauf fragte ich einen israelischen Soldaten, der in meiner Nähe saß. Aber der wollte oder konnte mich nicht verstehen, so musste ich es wieder aufgeben.

Nun beschloss ich, von der Bushaltestelle bis zum Kibbuz zu trampen, so wie früher. Doch da stellte ich fest, dass es bei meiner Ankunft im Jordantal sicher schon nach 19 Uhr sein würde und damit Stock dunkel. Ob da noch Jemand in Richtung Kibbuz fahren würde, war sehr unwahrscheinlich, denn dies war eh eine ganz untergeordnete Straße.

Nun musste ich alles einfach dem Zufall überlassen! Darauf verließ ich mich einfach.

Wichtig war jetzt, wenigstens die Haltestelle nicht zu verpassen, deshalb passte ich ganz genau auf.

Der Bus hielt und ich stieg aus. Dabei sah ich, dass hinten auch noch ein junges Mädchen ausgestiegen war, die von einem jungen Mann abgeholt wurde.

Ich sofort zu den Beiden hin. Ich fragte zuerst, ob er Richtung Norden fahren würde. Aber er meinte, das er Richtung Süden, also nach Elat müsste.

Schade, gab ich zurück.

Ja, wo ich den hin müsste fragte er zurück. Nach Neot Smadar, ca. 12 km in die Wüste.

Ob ich denn eine Telefonnummer hätte , wollte er nun wissen. Natürlich hatte ich eine Nummer.

Ich gab sie ihm und er rief mit seinem Handy im Kibbuz an. Ich bedankte mich und die Beiden fuhren weg.

Ich musste aber nicht lange dort in der Dunkelheit warten, den nach 20 Minuten kam Jehuda gefahren und lud mich ein.

Na, das ging ja gerade noch mal gut, Dachte ich!

1.22 Die Falafel

Mein erster Aufenthalt im Kibbuz war voller Überraschungen. Aber das hatte ich ja so gewollt. Ich beabsichtigte alle Arbeiten kennen zu lernen.

Pünktlich um 5 Uhr 45 stellte ich mich im Speisehaus ein. Im Flur hing der Arbeitsplan für jeden Tag. Dort blieben die meisten zuerst stehen, um zu sehen, wo sie heute eingeteilt waren.
Auch ich suchte verzweifelt meinen Namen. Da stieß mich jemand an und zeigte auf ein paar Zeichen. Aha, das war also mein Name auf Hebräisch. Na, das hätte man mir aber auch schon vorher sagen können.
Aber ab jetzt brauchte ich nicht lange zu suchen, denn ich hatte mir die Zeichen gut gemerkt.
Mein erster Job sollte also laut Arbeitsplan in der Küche sein. Zuerst musste ich mit noch einem Zivi den Speisesaal reinigen. Das war jeden Morgen not-

wendig, weil die Leute oft direkt vom Feld kamen und auf Sauberkeit keinen Wert legten.

Zuerst mussten alle Stühle auf die Tische gestellt werden. Dann wurde der Raum mit dem Wasserschlauch aus gespritzt. Danach wurde ein Scheuer-mittel verspritzt und zum Schluss das Wasser mit einem Schieber in den Abfluss geschoben.

Wenn der Boden trocken war, konnte man die Stühle wieder herunter stellen. Nun begann die eigentliche Arbeit in der Küche.

Ich bekam den Auftrag, etwa 25 Platten mit Gemüse zu belegen. Dazu stand mir zur Verfügung: Blattsalat, Gurken, To-maten, Möhren.

Dann musste ich Knoblauchzehen schä-len und auf 25 kleine Teller legen.

Das Ganze war arbeiten gegen die Zeit, denn um 9 Uhr kamen die Leute zum Essen. Bis dahin musste alles fertig sein.

Ich hatte mich beeilt und war weit vor 9 Uhr fertig.

Nun hatte ich endlich Zeit, mich in der Küche etwas umzusehen.

Neben mir stand eine junge Frau an der Kippbratpfanne und hat Küchle gebacken, das roch verführerisch.

Ich ging näher und schnupperte. Da fragte sie mich, ob ich mal probieren wollte, denn sie wusste, dass ich hier neu war.

Ich ergriff ein Küchle und biss hinein. Es schmeckte wirklich vorzüglich. Ich lobte es und fragte sie, aus welchem Fleisch sie gemacht seien.

Fleisch gibt es in unserer Küche nicht, nur am Freitag Fisch gab sie zurück.

Etwas verlegen zog ich mich zurück. Dann fiel mir ein, dass am Abend vorher Kichererbsen eingeweicht worden waren.

1.23 Das Unkraut

In Israel müssen alle Jungen und Mädchen nach der Schulausbildung ein soziales Jahr ableisten. Das finde ich gut. So lernen sie doch automatisch viele Berufe und Arbeiten kennen, ehe sie sich für einen Beruf entscheiden müssen.

Ich hatte gerade den Auftrag, die Plantagen von Unkraut zu säubern. Und so bekam ich für ein paar Tage einige Jungen und Mädchen zum Arbeiten auf dem Feld zugeteilt.

Jeder mit einer Hacke bewaffnet zogen wir los, jeder bekam eine Reihe, um zwischen den Büschen das wuchernde Unkraut zu entfernen.

Auch ich hatte meine Reihe. Dabei fiel mir auf, dass die jungen neben mir einfach nicht vorwärts kamen. Ich schaute hinüber und sah, dass einer sich an einer Pflanze mit einem Meter Durchmesser sich ewig plagte.

Ich ging hinüber in seine Reihe, nahm

ihm wortlos die Hacke aus der Hand und drehte damit die halbe Pflanze um. Dann schlug ich mit einem kräftigen Hieb die Mittelwurzel durch und schon konnte ich nun die ganze Pflanze weg nehmen.

Der junge Mann staunte nur!

Sofort rief er seine Freunde und führte ihnen das Gleiche vor, mit dem Ergebnis, dass alle recht verwundert waren.

Er war aber so fair und erzählte ihnen, dass er es auch gerade erst von mir gelernt hatte.

Ich hatte bei meinen Aufenthalten öfter das Gefühl, dass Israelis gut mit riesigen Maschinen umgehen können. Wenn es aber ums Nachdenken geht, tun sie sich oft sehr schwer.

1.24 Der Plattenleger

Wir hatten ein Haus gekauft. Und wie es immer so ist, es gibt hinterher noch viel zu verbessern.

Im Heizraum, der auch gleichzeitig Wachküche war, gab es nur einen grauen Betonboden. Das war unbedingt verbesserungsbedürftig. Dazu besorgte ich mir Bodenplatten.

Doch wer verlegt mir die Platten, ich hatte es noch nie selbst gemacht?

Da fiel mir ein, dass mein Technischer Zeichner ein gelernter Plattenleger war, der umgeschult hatte, weil sein Rücken nicht mehr mit machte.

Den fragte ich, ob er mir helfen würde und er sagte zu. Wir verabredeten uns für einen Samstag Nachmittag.

Er kam, rührte professionell den Kleber an und verlegte die ersten 5 Platten.

Dann schaute er auf die Uhr und meinte, dass er nun aber gehen müsse, um seine Frau aus Tübingen abzuholen. Ja und wer verlegt die Platten, fragte ich.

Die verlegen Sie nun doch alleine. Wie es geht, habe ich ihnen doch gezeigt.

Und schon war er weg!

Damit der Kleber nicht hart werden sollte musste ich wohl oder übel weiter machen. Nach den erste 10 Platten ging es schon recht flott. Gegen Abend war ich auch schon an der Tür.

Nun musste ich in der anderen Ecke, hinter dem Heizkessel beginnen, damit ich nicht über die neu verlegten Platten gehen musste. Die Arbeit hinter dem Kessel war zwar eine Tüftelei, aber ich bekam es so sauber hin, dass man meinte es hätte ein Profi gemacht.

Als ich fertig war und mein Erstwerk so betrachtete, war ich selbst ganz stolz.

Als mein Kollege nach ein paar Tagen noch einmal vorbei kam um zu sehen was ich geleistet hatte war er voller Lob!

Darauf flieste ich auch gleich noch die Wand, an der das Ausgussbecken war.

1.25 Das Visum

Ich war vier Mal in Indonesien, genauer gesagt auf Bali.

Jedes Mal hatte man das Visum auf dem Flughafen bei der Ankunft bekommen.

Also fuhr ich am Reisetag mit meinem Ticket auf den Flughafen.

Beim Einchecken fragte mich die Frau am Schalter, wo ich denn mein Visum hätte, da ich 7 Wochen bleiben wolle.

Ich erwiderte siegesbewusst, dass ich das immer auf Bali bekommen hätte.

Das stimmte zwar, aber es gab jetzt ganz neue Bestimmungen, nach denen man bereits vor der Abreise ein Visum in Deutschland einholen musste, wenn man länger als 30 Tage bleiben wollte.

Ich hätte nun zwei Möglichkeiten:

- entweder ich fahre sofort nach Frankfurt zur Botschaft, um ein Visum zu beantragen.

- oder ich dürfte nur maximal 30 Tage einreisen. Jeder überzogene Tag kostet eine hohe Strafe!

Ich entschied mich spontan für 30 Tage, in der Hoffnung dass ich eine Möglichkeit zur Verlängerung finden würde. Zuerst schwebte mir vor kurz nach Australien hinüber zu fliegen, um das Visum zu verlängern.

Darauf ging sie mit meinem Ticket nach hinten ins Büro, um die Daten abändern zu lassen. Nach einer Weile kam eine andere etwas ältere aber freundliche Frau und brachte mir mein Ticket zurück.

Ich schaute es an und fragte etwas ungläubig, ob ich nun zwei Optionen hätte. Darauf nickte sie nur und lächelte mich vielsagend an. Dann erläuterte sie mir, dass sie die Daten nur überklebt hätte. Sollte ich eine Verlängerung bekommen, bräuchte ich nur die Aufkleber abziehen und die alten Daten würden wieder gelten.

Damit konnte ich leben. Bedankte mich und checkte ein.

Nach einiger Überlegung kam mir noch

eine zweite Option. Ich wusste nämlich, dass Intan, die Schwägerin von Knuth, bei dem ich wohnte, auch schon von Visum-Verlängerung gesprochen hatte.

An die würde ich mich vertrauensvoll wenden. Vielleicht könnte sie mir helfen.

Intan kam nach ein paar Tagen bei Knuth zu Besuch und wir saßen gemütlich beisammen.

Da erklärte ich ihr mein Problem. Das ist kein Problem, gab sie strahlend zurück, denn sie müsse das Visum ihres Mannes, ein Hannoveraner, auch immer wieder verlängern lassen.

Dazu hätte sie extra ein Büro in Denpasar. Wenn ich wolle könne ich mit ihr mitfahren, denn sie müsse nächste Woche ohnehin dort hin.

Für die Frau in dem Büro war es offenbar nichts Besonderes. Sie nahm meine Daten auf, ich zahlte 35 € und sollte in einer Woche meinen Pass wieder abholen. In Frankfurt hätte ich sogar 50 € zahlen müssen.

Das Visum sah echt aus, aber ob es der Kontrolleur bei der Ausreise auch so sehen würde war meine Frage.

Der Tag der Ausreise kam und ich musste meinen Pass vor zeigen. Der Zöllner schaute alles durch, machte seinen Stempel hinzu und wünschte mir gute Heimreise.

Erst da fiel mir ein Stein vom Herzen. Gut, dass das der Zöllner nicht gehört hat.

2.00 NACHDENKLICHES

2.01 Das Souvenir

Eine Bekannte kam nach einem längeren Aufenthalt in Indonesien aus dem Urlaub zurück.

Sie erzählte uns, dass sie am letzten Tag von einem Insekt gestochen sein müsste, denn sie hatte eine rote Stelle an der Wange, die immer wieder zum Kratzen anregte.

Im Laufe der nächsten Tage verschlimmerte sich ihr Zustand, indem die Wange immer dicker und entzündeter erschien.

Sie beschloss zu ihrem Hausarzt zu gehen.

Beim Anziehen kratzte sie sich an der Wange und war ganz erstaunt, was danach passierte, denn plötzlich bemerkte sie ein Kribbeln auf ihrer Wange.

Als sie sich im Spiegel anschaute sah sie, dass unendlich viele kleine Spinnen aus der Wund über ihr Gesicht liefen.

Da war ihr klar, was sie gestochen haben musste.

Manchmal muss man sich schon wundern, auf welchem Wege es Ungeziefer zu uns nach Europa schafft!

2.02 Fensterln

In einem meiner Berufspraktika wohnte ich in Zwickau. Auch hier war die Wohnungssuche ein Problem.

Ich fand schließlich eine einfache Zwei-raum-Wohnung spärlich möbliert in einem Nebengebäude einer Villa. Sicher hatte hier in noblen Zeiten das Gesinde gewohnt, denn es bestand nur aus einem dünnwandigen Fachwerk. Im Winter sicher sehr kalt, aber jetzt war es Sommer und somit egal.

Direkt an unserem Haus fuhr die Stra-ßenbahn vorbei und zwar durch eine Kurve. Jedes Mal gab es ein lautes Quietsch- Geräusch, wenn eine Bahn um die Ecke fuhr. Anfangs glaubte ich, ich könne dabei nicht schlafen. Aber der Mensch gewöhnt sich dermaßen schnell daran, dass man es sogar ver-misst, wenn es mal nicht quietscht. Später merkte ich, dass es offensichtlich an der Fahrweise des Chauffeurs lag, ob es laut oder leise um die Kurve ging.

Ich wohnte im ersten Stock des kleinen Hauses, mir gegenüber ein junges Ehepaar ohne Kinder. Sie waren sehr freundlich, aber wir sahen uns nur selten, weil sie im Theater arbeiteten und meist nur zu Hause waren, wenn ich zur Arbeit war.

An einem Wochenende hatte ich vor mal so richtig aus zu spannen. Vielleicht zu lesen, denn ich hatte mir ein neues, spannendes Buch gekauft.

Plötzlich höre ich, etwas von Fern eine Frauenstimme rufen. Ich ging auf den Flur, um heraus zu bekommen, woher die Stimme kam.

Da war der Hilferuf wieder, jetzt konnte ich klar erkennen woher der Ruf kam. Ich ging ganz nahe an die Wohnungstüre meiner Nachbarn und fragte, was los sei. Da antwortete die Stimme ganz aufgeregt, dass sie sich eingesperrt habe. Ihr Mann sei weggegangen und sie wollte auch gerade aus dem Haus, da ist ihr der Schlüssel im Schloss abgebrochen.

Nun geht gar nichts und ich muss doch zur Probe. Ich sah von außen, dass deren Schloss genau wie bei mir innen einfach aufgeschraubt war. Somit konnte ich ihr von außen gute Anweisungen geben, dachte ich.

Zuerst fragte ich sie, ob sie denn etwas Werkzeug hätten und sie bejate.

Sie solle alles her holen.

Tat sie.

Dann sollte sie einen großen Schraubenzieher heraus suchen.

Hatte sie auch.

Nun gab ich ihr Anweisung, die vier dicken Schrauben auf den Ecken des Schlosses herauszuschrauben.

Das klappte aber nicht, denn die Schrauben waren schon etwas eingerostet und außerdem dick mit Farbe überstrichen. Es war für sie nicht mal möglich den Schraubenzieher in die Schraubenköpfe zu bekommen.

Nun war guter Rat teuer!

Nach kurzer Überlegung sagte ich durch die geschlossene Türe, dass ich noch eine Möglichkeit sähe, die wäre aber sehr riskant.

Ich könnte mit einer Leiter in ihr Giebelfenster einsteigen und selbst das Schloss los schrauben. Was aber, wenn gerade ihr Mann nach Hause käme?!

Das gibt keine Probleme, machen sie nur, ich bin in Eile.

Gut!

Ich wusste, dass hinter der alten Villa immer eine lange Leiter lag. Die holte ich und stellte sie an den Giebel. Sie reichte beinahe bis ans Fensterbrett im Obergeschoss. Ich kletterte vorsichtig Stufe für Stufe hinauf, denn ich traute der Leiter nicht so recht. Zu lange hatte sie schon bei Wind und Wetter draußen gelegen.

Doch ich kam wirklich heil oben an. Die junge Frau half mir noch, den letzten halben Meter zu überwinden und dann war ich drinnen. Wenn das jemand beobachtet hätte, wäre er unweigerlich auf dumme Gedanken gekommen. Die hatte ich aber jetzt überhaupt nicht.

Schnell eilte ich an die Wohnungstüre, nahm den Schraubenzieher und drehte mit roher Gewalt die vier Schraube heraus. Nun konnte ich das Schloss einfach von der Türe lösen und sie öffnen.

Genau in dem Moment stand ihr Mann vor der Tür und starrte mich fragend an!? Ich fand zuerst wieder den Faden und sagte einfach zu ihm, dass ich gerade bei seiner Frau *gefensterlt* hätte, die Leiter steht sogar noch da!

Schon war sie zur Stelle und klärte die Situation vollends auf. Das gab ein großes Gelächter.

Zur Belohnung luden sie mich am nächsten Tag zu einem opulenten Mal ein, bei dem auch sehr viel Rotwein floss.

Seither sind wie ganz dicke Freunde!

2.03 Gelegenheit macht Liebe

Mein Berufspraktikum machte ich im Staatlichen Hochbauamt in Zwickau. Die Arbeit war interessant, die Kollegen in Ordnung und der Chef war ganz besonders um mich bemüht.

Er nahm mich oft mit auf die Baustelle, denn seit Leitspruch war, dass ein Architekt sein Projekt bis zum Ende begleiten muss, damit auch seine Ideen alle umgesetzt werden.

Wir fuhren meist mit seinem Wagen, das war ein alter Moskwitsch, ein Opel-Nachbau von vor 1945, aber in der Sowjetunion gefertigt. Natürlich mit Starrachse und recht hochbeinig. Aber das war ja gerade richtig, denn oft musste er damit durch unwegsames Gelände.

Nach so einem Baustellenbesuch hatten wir das Bedürfnis etwas zu trinken und ich lud meinen Chef ein zu einem Bier. Was er auch an nahm, mich aber bei der Bezahlung aus trickse, indem er zur

Bedienung im Vorbeigehen einfach sagte „Anschreiben!"
Beim Bier hatten wir aber heute etwas Zeit auch für ein privates Gespräch, wobei er mich regelrecht ausfragte. Aber auch auf seine Familie kamen wir zu sprechen und er lud mich ein, ihn doch in der Freizeit einmal zu besuchen, ohne jedoch einen Termin auszumachen.
Ich hatte in Zwickau endlich in einem laden ein nagelneues Fahrrad erstanden. Es war ein 26-er sogar mit einer 3-Gang-Schaltung. Damit war ich jede freie Minute unterwegs und hatte schon alle Sehenswürdigkeiten in der näheren Umgebung besichtigt. Sogar auf einer halb fertigen Brücke, die schon in der Nazizeit angefangen worden war, war ich schon gewesen. Jetzt aber bestand kein Bedarf und so lag sie einfach halb fertig im Gelände.
An einem Wochenende kam mir plötzlich der Gedanke, die Einladung

meines Chefs umzusetzen. Den Ort Wildenfels wusste ich, aber ich hatte keine Telefon-Nummer, um ihn vorher anzurufen. Egal, wenn er nicht da wäre, würde ich einfach wieder weiter fahren. Im Ort erfuhr ich schnell die genaue Adresse meines Chefs, denn hier kannte ihn jeder. Als ich dann vor seinem Haus stand war mir klar, dass ich das Haus nach etwas Suchen auch selbst gefunden hätte, denn es fiel auf mit seinen ausgefallenen Details.

Ich klingelte und zwei Frauen machte mir auf, es war seine Frau und die Tochter. Ich entschuldigte mich und stellte mich kurz vor. Freudig wurde ich herein gelassen und ins Büro geführt.

Der Chef saß über Pläne gebeugt und grübelte.

Auch er begrüßte mich freundlich, sagte mir aber gleich, dass er gerade an einem wichtigen Detail eines Entwurfs säße.

Plötzlich ging die Türe auf und Agnes,

seine Tochter, fragte mich, ob ich einen Kaffee trinken wollte. Da sagte ihr Vater zu ihr nur ganz kurz „später".

Nach einer Weile merkte ich, dass ich ungelegen gekommen sei und ich wollte mich schon zurück ziehen. Da meinte er, dass ich ruhig bleiben könne, aber er und seine Frau müssten noch dringend zu einem befreundeten Ehepaar zu einer Besprechung. Ich solle in Ruhe meinen Kaffee trinken. Und schon waren sie beim Aufbruch.

Als er in seinen Wagen stieg sah er mir ganz fest in die Augen und sagte nur „ich kann mich doch auf dich verlassen?!"

Dann brauste er auch schon los.

Agnes bat mich nun zu ihrem Kaffee, den sie schon auf der Terrasse serviert hatte. Natürlich bot sie mir auch Kuchen an, den sie selbst gebacken hätte. Na ja, nicht ganz selbst, die Mutter hätte ihr dabei geholfen.

Es entwickelte sich ein reges Gespräch

zwischen uns beiden und wir kamen auch auf die Familie zu sprechen. Spontan sprang sie auf, um ein Familienalbum zu holen. Außerdem kam sie zurück in einem ganz luftigen bunten Frühlingskleid!

Sie legte mir das Album auf den Schoß und stellte sich hinter mich, um die Bilder zu kommentieren. Dabei stand sie so, dass ich ihr voll in den Kleid-Ausschnitt schauen konnte. Als sie es merkte, blieb sie aber einfach noch eine Weile so stehen, ehe sie sich vor mich setzte. Jetzt wurde mir klar, warum mich mein Chef so dringend um Zuverlässigkeit gebeten hatte.

Das war ganz schön provokant! Und ich war gezwungen, jetzt zu handeln.

Als ich meinen Kaffee ausgetrunken hatte sagte ich ganz unvermittelt, dass ich nun gehen müsse.

Im Gehen gab ich ihr einen flüchtigen Kuss auf die Wange, schwang mich auf mein Fahrrad und fuhr los.

Wie ich nach Hause gekommen bin
weiß ich nicht mehr so genau, denn die
ganze Zeit hatte ich Agnes vor Augen!
Kurze Zeit darauf war mein Praktikum
zu Ende und ich wurde verabschiedet.
Als ich mit dem Chef eine Weile alleine
saß, kam er auf meinen Besuch bei ihm
zu sprechen. Er bedankte sich dafür,
dass ich mich damals so korrekt verhal-
ten hatte, ohne ins Detail zu gehen.
Fast 25 Jahre später begegneten wir uns
ganz zufällig auf einem Architekten-
kongress in Berlin.
Da erzählte er mir, dass Agnes früh
geheiratet hatte und eine sehr harmo-
nische Ehe geführt hätte. Leider sei sie
vor einen Jahr an Krebs gestorben. Sie
hinterließ eine Tochter, die jetzt fast so
alt ist wie damals Agnes und ihr wie
aus dem Gesicht geschnitten ähnelt.
Ich hätte meine helle Freude, wenn ich
sie sehen würde.

2.04 Die Fahrschule

Schon früh merkte ich, dass unsere Buben total begeisterte Motorrad-Freaks waren. Sie hatte Spielkarten, auf denen Autos und Motorräder abgebildet waren. Dazu standen Angaben, wie Kubikzentimeter, PS und Umdrehungen pro Minute.

Gewonnen hatte der mit den höchsten *Umin*! Gemeint war damit das Drehmoment, weil das die höchsten Zahl auf der Karte waren. Lesen konnte der Kleine zwar noch nicht, aber die Zahlen beherrschte er schon.

Eines Tages hatten sie mein ADAC-Heft zur Hand und da hörte ich wie einer sagte: Schau mal, schon für 500 Mark bekommst du eine gebrauchte Maschine mit fast 100 PS!

Da wurde mit richtig Angst. Denn wenn jemand keine Fahrkenntnis hat, aber doch mal bei einem Freund ein Motorrad ausprobieren darf, ist das brandgefährlich!

Während sie älter wurden verstärkte sich diese Neigung noch beträchtlich, so dass ich mich gezwungen sah, zu handeln.

Am besten wäre es, wir hätten ein eigenes Motorrad, dann könnte ich ihnen das Fahren beibringen, so wie damals das Rad fahren. Aber wir hatten ja kein geeignetes Gelände.

Ich besprach das Problem mit verschiedenen Bekannten und bekam natürlich auch genau so viele verschiedene Antworten. Nur eine war ganz konkret, die von meiner Frau, denn die war strikt dagegen!

Was tun, guter Rat war da teuer!

Ich rang mich eines Tages durch, doch wenigstens eine Anzeige aufzugeben. Es meldeten sich verschiedene Anbieter mit alten Geländemotorrädern. Doch keines sagte mir zu. Dann war da noch ein Autohaus, das ein neues Motorrad, aber als alte Modell anbot. Sicher wäre das viel zu teuer, denn sehr viel Geld wollte ich in das vage Projekt eigentlich nicht stecken.

Trotzdem rief ich an. Die Verkäuferin am Telefon beruhigte mich, auf den Preis würden wir uns schon einigen, denn sie wolle nichts mehr daran verdienen, sondern es nur los werden.

Ich lud unsere beiden Buben ein und fuhr hin.

Als wir über den Hof liefen, sagte die Verkäuferin zu mir, dass ihr Motorrad für mich aber eigentlich viel zu klein sein würde.

Da blieb mir nichts anderes übrig, als die Wahrheit zu sagen, dass das Gerät eigentlich gar nicht für mich, sondern für die beiden Buben da hinter mir sein sollte.

Ihre Antwort überraschte mich vollkommen. Sie meinte, dass meine Überlegungen absolut richtig seien. Sie habe auch zwei Töchter, denen sie das Motorrad fahren nicht ausreden konnte. Also hat sie es ihnen ausführlich beigebracht mit dem Ergebnis, dass sie jetzt die perfekten Fahrer sind. Da besann ich mich, dass ich bei den Frühjahrsmessen auf dem Rummelplatz regelmäßig zwei junge Mädchen gesehen hatte, die die Maschinen auf den Platz fuhren und auch Vorführungen machten.

Ich kaufte die Maschine, sie hatte wirklich genau die richtige Höhe für die beiden Sprösslinge.

Aber ein Übungsgelände hatten wir immer noch nicht. Dafür hatte ich abgelegene Feldwege entdeckt. Also fuhr ich mit dem Kleinen auf einen abseitigen Feldweg und der Große folgte uns mit seinem Fahrrad. Während die Buben fuhren, beobachtete ich aufmerksam die Gegend, denn sogenannte Feldschütze waren oft unterwegs, um nach dem Rechten zu sehen.

Das ging ein paar mal gut, dann sah ich in der Ferne einen Radfahrer direkt auf uns zu kommen. Als er näher kam erkannte ich meine Frau. Die hatte uns genau beobachtet und war uns gefolgt. Als sie bei uns war und gerade ihrer erste Schimpfkanonade los lassen wollte sagte der Kleine, der gerade an uns vorbei fuhr:

„Mama, willst du mal hinten drauf mitfahren?"

Ihr blieb die Sprache weg sagte aber nichts mehr und fuhr wieder nach Hause.

Inzwischen hatte ich aber ein besseres Übungsgelände ausfindig gemacht. Es lag zwar genau auf der anderen Seite der Stadt, eignete sich aber viel besser.

Es gab da nämlich ein Panzerübungsgelände der Franzosen, das nicht ein eingezäunt war und auf dem man auch spazieren gehen durfte.

Dort fuhren wir künftig hin. Dort gab es sowohl kleine Schluchten, die quer zu durchfahren schon Mut abverlangten. Aber auch unwegsamens Gelände , das viel Körperbeherrschung verlangte.

Eines Tages fuhren wir wieder gemeinsam ahnungslos dort hin und begannen mit unseren Übungen. Natürlich saß ich immer dabei und beobachtet aufmerksam sowohl die Buben, wie auch die Umgebung. Da fiel mir auf, dass da auffällig viele kleine Büsche standen, die sich immer wieder mal sogar bewegten. Bei genauer Betrachtung fiel mir auf, das sich die Büsche sogar weiter bewegten.

Schnell holte ich die Buben zusammen und erzählte ihnen meine Beobachtung. Jetzt sahen auch sie es! Während unsere Übungen hatten sie gar nicht darauf geachtet.

Ich ordnete sofort den Rückzug an. Ohne Panik aber zügig fuhren wir nach Hause. Am Eingang zum Übungsplatz stand jetzt ein Jeep, auf dem ein hoher Offizier saß. Im Vorbeifahren grüßte ich höflich. Er grinste nur und grüßte sogar mit Hand an der Mütze freundlich zurück.

Das ganze blieb absolut ohne Folgen, da hatten wir richtig Glück gehabt.

Jedenfalls wurden die Buben ganz sichere Motorradfahrer und besitzen heute noch ein Motorrad, ohne bisher ernsthafte Unfälle gehabt zu haben.

Interessant ist, dass der Große es jetzt mit seinen beiden Buben ebenso macht.

2.05 Das Hündchen

Eine befreundete Familie ohne Kinder schaffte sich als Kindersatz ein kleines Hündchen an. Natürlich nahmen sie es überall mit, auch in den Urlaub.

Die nächste Reise sollte nach China gehen.

Die Reise verlief gut und das Quartier war ausgezeichnet.

Gleich am ersten Abend beschlossen sie, die chinesische Küche zu probieren. Weil es noch sehr warm war hatte auch ihr Hund Durst. Sie versuchten mit Händen und Füßen der Kellnerin zu erklären, dass der Hund Durst hätte. Dabei zeigten sie auf den Hund und auf den Mund.

Anscheinend hatte die Kellnerin verstanden, denn sie nahm das Hündchen liebevoll auf den Arm und verschwand mit ihm. Sicher würde der Hund in der Küche etwas zu trinken bekommen.

Sie mussten lange auf ihr Essen warten. Als es ihnen doch zu lang erschien, reklamierten sie bei der Kellnerin.

Die erwiderte, sie mögen noch etwas Geduld haben.

Dann endlich kam sie und brachte das Hündchen. Es war jetzt frisch knusprig gebraten!

Man sagt, Chinesen essen alles, was 4 Beine hat, nur keine Stühle.

2.06 Die Diebesbande

Eine befreundet Familie fuhr wie jedes Jahr nach Südfrankreich in den Urlaub.

Wie gewohnt mieteten sie wieder einen Bungalow, nicht weit vom Strand.

Jeden Tag ging die ganze Familie den ganzen Tag an den Strand, um sich zu sonnen und um zu baden.

Eines Tages, als sie abends wieder zum Bungalow kamen waren sie sehr überrascht. Alle Türen waren offen, obwohl sie abgeschlossen hatten. Das ganze Haus war durchwühlt und alle Sachen lagen auf dem Boden verstreut.

Doch bei genauer Betrachtung mussten sie beruhigt feststellen, das absolut nichts fehlte. Deshalb machten sie auch keine Anzeige.

Also machte sie weiterhin unbeschwert Urlaub.

Als sie nach 4 Wochen wieder nach Hause kamen erwartete sie eine mächtige Überraschung.

Keine Tür war aufgebrochen, aber alle standen offen!

Alle Wertsachen aus ihrem Haus waren gestohlen!

Sogar die wertvollen Bilder von den Wänden fehlten. Auch einige teure Möbel waren entwendet.

Jetzt wurde ihnen klar, was die Diebe in Südfrankreich bei ihnen gesucht und mit genommen hatten.

2.07 Die Verwechselung

Nach einer ausgiebigen Zechtour beschließt mein Bekannter, der doch recht angetrunken war, die 25 km nicht über die Landstraße, sondern über die etwas weitere Autobahn nach hause zu fahren, weil dort nachts in der Regel keine Polizeikontrollen statt finden.

Nach einigen Kilometern auf der Autobahn traut er seinen Augen nicht. Eine rote Kelle zwingt ihn zum Anhalten.

Schon denkt er, dass jetzt alles vorbei sei, Führerschein weg und sicher einige Punkte in Flensburg!

Er kurbelt das Seitenfenster herunter und wartet geduldig der Dinge, die nun unweigerlich auf ihn zukommen müssten.

Doch der Polizeibeamte mit der Kelle bittet ihn nur langsam weiter zu fahren, weil dort vorne ein schwerer Unfall passiert sei.

Er fährt langsam am Unfall vorbei und dann schleunigst nach Hause.

Zwei Stunden später klingelt es an der Haustüre. Zwei Polizisten stehen vor der Türe. Die Frau des Bekannten macht auf. Sie fragen, ob ihr Mann zu Hause sei. Sie bestätigt, aber er sei gerade erst von einer anstrengenden Tour nach Hause gekommen und sie wolle ihn deshalb nicht wecken.

Die Polizisten haben Verständnis und bitten lediglich, ob sie sein Auto sehen könnten.

Die Frau denkt, dass das sicher keine Probleme gibt und öffnet die Garage.

Doch welche Überraschung.

Das Auto, das da steht war zwar das Gleiche wie das ihres Mannes, nur hatte es ein Blaulicht auf dem Dach!

2.08 Die Rache

In den 90-er Jahren planten wir, mit unserem Wohnwagen einen ganz besonderen Urlaub. Wir wollten eine Marokko-Rundfahrt machen. Dazu trafen wir umfangreiche Vorbereitungen und planten alles gewissenhaft durch.

Dabei stießen wir auf einige Reiseberichte.

Einer machte uns aber besonders stutzig:

Einige Jahre vor uns machte eine Familie mit ihrem Auto auch eine Marokko-Rundreise. Dabei soll folgendes passiert sein.

Ganz im Süden des Landes waren die Straßen noch sehr schlecht und die Dorfdurchfahrten glichen geradezu einem Spießrutenlauf, besonders, wenn gerade Markttag war. Viel Einheimische bedrängen sie buchstäblich anzuhalten und etwas zu kaufen.

Dabei übersah der Mann ein kleines Kind und verletzt es.

Der Mann stieg aus und kümmert sich um das Kind. Seine Frau bat er, im Dorf nach einem Arzt zu suchen.

Als sie nach einer Weile wieder kam stand zwar ihr Auto noch da, aber von ihrem Mann und Sohn keine Spur.

Da sah sie mitten im Dorf eine aufgeregte Menschenmenge unter einem großen Baum stehen. Als sie näher kam bemerkt sie, dass sowohl ihr Man, wie auch ihr Sohn von den Menschen gelyncht und dann an den Baum gehängt worden waren.

Ähnliches ist auch uns in Marokko beinahe passiert. Auf einer engen Landstraße bergab trieb ein Hirte uns seine Ziegenherde direkt vor unser Gespann. Ich konnte noch rechtzeitig anhalten und es passierte nichts.

Das Erlebte erzählte ich eines abends Einheimischen. Die lächelten nur und meinten, dass sei die neueste Masche der Hirten, von Touristen Geld zu erpressen.

Aber geradezu Lebensgefährlich könnte es werden, wenn dabei ein Mensch zu Schaden kommt.

Daraufhin waren wir bei Dorfdurchfahrten ganz besonders vorsichtig. Verriegelten alle Türen und schlossen die Fenster, denn gelegentlich hatten wir beobachtet, wie flinke Kinderhände versucht hatten, etwas aus dem Wageninneren zu entwenden.

Trotzdem wurde unsere 6-wöchige Rundfahrt ein voller Erfolg und wir schwärmen noch heute davon.

2.09 Der Finderlohn

Ein gut betuchter Mann hatte seine Brieftasche mit einem recht hohen Bargeldbetrag in einem öffentlichen Verkehrsmittel in Hamburg verloren.

Deshalb setzte er eine Anzeige in die Zeitung und versprach dem ehrlichen Finder 100 Euro Finderlohn zu zahlen.

Darauf meldete sich ein alter nicht vermögend aussehender Mann und brachte dem Reichen seine Brieftasche zurück.

Der Reiche nahm die Brieftasche und zählte das Geld. Nach seiner Erinnerung hatte er 550 Euro gehabt. Das stimmte ganz genau mit dem Betrag in der Brieftasche.

Doch nun tat es ihm Leid, so viel Finderlohn versprochen zu haben und er sann, wie er darum herum kommen könnte.

Da kam er auf eine List:

Er behauptete, das in seiner Geldbörse aber 650 € gewesen waren. Also hätte der Finder wohl schon seinen Lohn heraus genommen.

So stand also Aussage gegen Aussage!

Schließlich wollte der ehrliche Finder nicht noch als Dieb da stehen und so zogen sie vor einen Richter.

Beide bestanden auch hier erneut auf ihren Aussagen. Zwar ahnte der Richter die Wahrheit, konnte aber nichts beweisen. Nun musste er aber ein gerechtes Urteil fällen. So kam er auf folgendem Vergleich:

Wenn also in der gefundenen Brieftasche nur 550 € vorgefunden wurden, der Verlierer aber 650 € verloren hätte, so könne diese Brieftasche auch nicht dem Verlierer gehört haben.

Folglich solle der Finder die Brieftasche wieder zurück bekommen, bis sich der richtige Verlierer findet.

Dem Verlierer gab er aber mit auf den Weg, dass er warten solle, bis sich ein Finder mit den 650 € meldet.

Damit hatte der Richter wohl sehr gerecht gehandelt!

2.10 Doris

Die Semesterferien genossen wir meistens in Prerow am Strand. Da konnte man sich am besten Entspannen. Meistens lernten wir dort sehr viele und nette Menschen kennen.

Darunter war auch ein bildhübsches Mädchen mit Namen Doris.

Als wir uns zufällig am Strand trafen fragte ich sie, ob sie Lust hätte mit mir ins Niemandsland zu gehen, um ein paar interessante Fotos zu machen. Niemandsland nannte man in Prerow den Strandabschnitt nach dem Ende des FKK-Zeltplatzes.

Sie war begeistert und wir gingen los. Natürlich zogen wir im FKK- Bereich unsere Badebekleidung aus, um nicht als Gaffer und Gucker an zu ecken. Denn gelegentlich wurden solche Leute zurück geschickt, besonders wenn sie, wie wir mit Fotoapparat bewaffnet waren. Manchmal wurde denen sogar der Fotoapparat abgenommen und ins

Wasser geworfen. Natürlich mit fatalen
Folgen für den Apparat

Am Ende des FKK hätten wir unsere
Badesachen wieder anziehen können,
aber wir gingen so weiter, wir waren ja
im Niemandsland.

An einer kleinen Sandbank machte ich
ein paar Aufnahmen von einem Krebs.
Doris saß neben mir im flachen Wasser.
Das wäre auch ein tolles Motiv, ging
mir durch den Kopf. Und ich fragte sie,
ob ich sie auch fotografieren dürfe. Sie
willigte sofort ein.

Nun versuchte ich die beste Perspektive
zu finden, dabei kroch ich vor ihr hin
und her. Sie saß aber ganz still da.

Doch plötzlich sprang sie auf, umarmte
und küsste mich. Das war für mich so
überraschend, dass ich in dem Moment
nur das Bedürfnis hatte, ins kalte Wasser zu gehen! Also badeten wir ausgiebig miteinander. Danach gingen wir
wieder langsam an unseren Strand
zurück.

Einige Jahre später trafen wir uns wie zufällig in Weimar auf der Straße wieder.

Wir hatten uns viel zu erzählen und so lud ich sie ein zum Abendessen.

Sie schlug vor, in den Elefanten zu gehen, ich war einverstanden.

Nach dem Essen bat sie mich zu einem Absacker auf ihr Zimmer, dass sie hier im Hause gemietet hatte. Wir verbrachten einen wunderbaren Abend miteinander.

Später aber bat sie mich zu gehen.

Ich weiß bis heute noch nicht, ob unser Treffen wirklich zufällig war oder bewusst herbei geführt. Hatte sie in Weimar „dienstlich" zu tun und ich war nur ihre Deckung?

Sie hatte mir nichts von ihrer jetzigen Tätigkeit erzählt. Auch nicht wo sie jetzt wohnt und weshalb sie in Weimar sei. Sie kam mir irgendwie verändert vor. Auffällig war, dass sie einen langen braunen Ledermantel trug und sich

etwas eigenartig verhielt. Später ist mir
dieses Kleidungsstück bei Stasi- Mit-
arbeitern öfter aufgefallen!

Jedenfalls sind wir uns nie mehr begeg-
net – eigentlich schade.

Ich hatte doch noch so viele Fragen an
sie.

2.11 Der Ring

Unsere Studentenzeit war recht stressig. Das lag hauptsächlich an unserem Ehrgeiz, möglichst schnell fertig zu werden. Oft arbeitet ich auch den ganze Sonntag.

Dafür erlaubte ich mir auch mal am Samstag ein wenig das Tanzbein zu schwingen. Gerne gingen wir in ein Lokal, wo auch viele Einheimische verkehrten. Denn wir wollten ja auch mal einheimische Mädchen kennen lernen.

Ich hatte eine ideale Tanzpartnerin gefunden, die ich dann auch mehrmals aufforderte. Sie trug einen dicken Siegelring und ich fragte, ob ich den mal auf probieren dürfe. Ich steckte ihn an meinen kleinen Finger. Er passte ganz genau und so vergaßen wir ihn im Moment.

Am Ende verabredeten wir uns für die nächsten Tage und ich ging nach Hause, weil es schon recht spät war und ich am nächsten Tag noch einige Arbeiten vor hatte.

Als ich mich zu Hause auszog bemerkte ich erst wieder den Ring an meiner Hand. Jetzt bekam ich ein recht schlechtes Gewissen. Aber, wir hatten uns ja verabredet und ich nahm mir vor unbedingt hin zu gehen, schon wegen des Ringes.

Wir trafen uns im Goethepark, denn dort gab es viel Bänke und es war auch recht romantisch.

Zuerst aber gab ich ihr ihren Ring zurück und entschuldigte mich.

Dann fragte ich sie, was sie getan hätte, wenn ich heute nicht erschienen wäre.

Da antwortete sie mir, dass ich ihre Möglichkeiten unterschätzt hätte!

Wieso, wollte ich wissen.

Da meinte sie, dass sie bei der Kriminalpolizei sei und da gäbe es viele Möglichkeiten. Z.B. bräuchte sie nur die Kartei der Hochschule durch blättern, weil sie mitbekommen hatte, dass ich Architektur studiere. Oder sie könnte auch zur Schule kommen und uns alle antreten lassen, da müsste ich dann ja dabei sein!

Da bekam ich mächtig Respekt vor ihr. Wir waren auch noch eine ganze Zeit befreundet. Dabei erzählte sie mir so manche Geschichte aus ihrem Beruf, die ich sonst nie erfahren hätte.

2.12 Die Wurst

Eine Familie hatte drei Kinder. Betty war 7, Christian war 5 und Brigitte war erst 4 Jahre alt.

So wie sie unterschiedlich alt waren hatten sie auch unterschiedliche Eigenschaften. Betty aß gerne etwas derbes , wie Wurst, Christian bevorzugte Obst und Brigitte aß am liebsten Süßigkeiten, was sich auch deutlich abzeichnete.

Während die beiden größeren schlank waren , war Brigitte recht mollig.

Eines Tages merkte die Mutter, das an der Wurst in der Speisekammer jemand geknabbert haben musste. Man sah deutlich die Abdrücke von Mausezähnchen. Nachdem das an mehren Tagen hinter einander passierte, brachte sie beim Frühstück geschickt die Sprache darauf.

Doch keines der Kinder bekannte sich dazu. Also mussten es wohl doch Mäuse sein, das hatte es lange nicht gegeben.

Sie beschloss hinter dem Wurstzipfel eine Mausefalle mit Speck aufzustellen.

Mal sehen, wer darauf herein fällt!?

Am nächsten Morgen war die Mausefalle zu und lag auf der Erde vor dem offenen Speiseschrank!

Was war wohl passiert, fragte sich die Mutter.

Am Frühstückstisch kam es an den Tag.

Als die Mutter alle bat ihre Hände auf den Tisch zu legen stellte sich heraus, dass Brigitte einen ganz blauen Fingernagel hatte. Als die Mutter wissen wollte woher das sei gab Brigitte zu, dass sie jede Nacht an der Wurst gewesen sei, weil sie nicht hatte einschlafen können.

Damit war da Rätsel gelöst und die Mausefalle wurde auch nicht mehr benötigt.

2.13 Marianne

In den ersten Ferien zu Ostern in Weimar fuhr ich nicht nach Hause, weil der Weg zu weit und die Ferien zu kurz waren. Das machten aber einige andere Studenten auch so. Dafür konnten wir jetzt auch mal etwas ausgehen, ohne ein schlechtes Gewissen zu haben.

Die Verwaltungsschule, feierte einen Abschluss. Da die Feier in unseren Räumen statt fand war es klar, dass wir uns dazu gesellten. Es wurde ein angenehmer Abend mit viel Tanz. Dabei war ich an eine gute Tänzerin geraten, die ich immer wieder holte.

Als die Veranstaltung dem Ende zu ging bot ich ihr an, sie nach Hause zu bringen. Sie lächelte und meinte, dass sie aber sehr weit weg wohne. Als wir los gingen offenbarte sie mir, dass sie jeden Morgen mit dem Zug käme. Der würde zwar nur 20 Minuten brauchen, aber zu Fuß sei das doch ganz schön weit. Ich dachte, wenn **sie** den weiten Weg auf sich nimmt, dann tue **ich** es auch, das ist doch Ehrensache!

Jetzt war es mir egal, ich hatte es versprochen.

Der Weg zu ihr nach Hause war gar nicht so weit, weil wir uns noch viel zu erzählen hatten. Aber dann alleine zurück, kam mir viiiiiel länger vor, zumal es schon langsam hell wurde und die Hähne bereits zu krähen begannen. Irgendwann zwischen 6 und 7 Uhr kam ich wider zu Hause an.

Ich nahm mir vor, künftig doch zuerst zu fragen, wo denn die Dame wohne.

In diesem Falle zahlte es sich viel später doch noch aus. Wir hatten uns lange aus den Augen verloren, da kam ich in Bedrängnis.

Für meine Diplomarbeit brauchte ich dringend jemand, der mir den Text mit der Maschine schrieb. Und da sprang Marianne hilfsbereit ein.

2.14 Die Pistole

Eigentlich herrschte in den Monaten nach Kriegsende 1945 überall Chaos, denn wir hatten den Krieg verloren, wohnten aber immer noch in Hinterpommern.

Schule war nicht, also mussten wir Kinder uns irgendwie die Zeit vertreiben. So zogen wir oft herum, denn überall gab es etwas Interessantes zu sehen.

Am Ende unserer Straße hatten die deutschen Soldaten drei Geschütze in Stellung gebracht, um den Vormarsch der Russen zu stoppen. Eines war eine Zwillingsflack mit einem Sitz an der Seite. Von dort aus konnte man alles steuern, auch das Geschütz herum drehen. Deshalb spielten wir oft Karussell damit.

Irgend wer hatte bei Nachbarn auf dem Misthaufen Kleinkalibermunition gefunden, die die Besitzer dort verbuddelt hatten und zwar einige 1000 Schuss!

Ein Gewehr gab es nicht, wäre auch viel zu gefährlich gewesen. Aber alle Jungen hatten diese Munition nun in der Tasche. Man kam auch schnell drauf, dass man die Munition auch ohne Gewehr zur Explosion bringen konnte. Indem man sie einfach auf die Straße legte und mit dem Hammer hinten darauf schlug.

Natürlich ging das nicht immer gut, manchmal ging der Schuss sozusagen nach hinten los! Ich bekam einmal ein Stück von der Patronenhülse ins Schienbein. Mit der Zange musste ich es heraus ziehen.

Dann kam ich drauf, dass man die Bleispitze mit der Zange heraus ziehen und das Pulver ausschütten konnte. Den Zünder konnte man dann mit einer selbst gebastelten Pistole aus Holz abschießen. Das war zwar ganz unge-fährlich, weil nichts weg flog, aber es knallte richtig, wie ein Schuss!

Eines Tages ließ ich aus Unachtsamkeit

diese Holzpistole in der Küche auf dem Tisch liegen. Und wie es so der Zufall wollte kamen genau an diesem Tag wieder mal Russen auf den Hof, um zu sehen ob nicht noch etwas abzustauben sei.

Dabei entdeckten sie meine Pistole!

Sofort schlug die Stimmung um, denn sie vermuteten, dass sich irgendwo deutsche Soldaten versteckt haben könnten

Gut, dass da schon der Pole auf unserem Hof war. Der konnte den Russen dann nach langer Diskussion doch klar machen, dass es sich nur um ein Spielzeug handele.

Ich weiß nicht, was sonst die Russen mit uns gemacht hätten.

2.15 Tollwut

Ich war dabei, die Zeichnungen für meine Diplomarbeit anzufertigen. Dazu brauchte ich eine neue Rolle neues Zeichenpapier. Das bekamen wir preisgünstig in der Materialausgabe der Hochschule, die aber im Gebäude auf der anderen Straßenseite war.

Als ich über die Straße gehen wollte rief mir ein Student zu, dass da gerade ein Reh aus dem Goethepark gekommen und nun zwischen unseren Gebäuden unterwegs sei. Mehrere Studenten sprangen nun dem jungen Reh nach und wir trieben es auf einen Hof, der von einer Mauer umgeben war. Doch was nun?

Da kam einer auf die Idee Prof. Speer zu verständigen, denn der sei mit einem Förster befreundet.

Es klappte und schon nach einer halben Stunde war der Förster da. Er ging auf den Hof, um das junge Rehkitz genauer anzusehen. Inzwischen hatte sich das

Tier aber wieder von seinem Stress erholt und sprang munter im Hof herum.

Der Förster hatte festgestellt, dass es an der Schnauze eine blutende Wunde hatte. Aber er konnte es nicht einfangen. Jedes Mal, wenn er es beinahe hatte, lief es wieder weg. Dabei kam es auch in die Hofecke, wo ein Haufen Sand an der Mauer lag. Das reichte dem Reh, um mit Anlauf mithilfe des Sand_Haufens über die Mauer zu springen. Weg war es wieder im Goethepark. Obwohl wir es versuchten zu finden, es war weg!
Nun stand der Förster vor einem Problem. Denn normalerweise würde ein so scheues Tier sich nicht in eine Stadt verlaufen, also könnte es sein, dass es krank ist.
Was wäre, wenn es Tollwut hätte?
Daraufhin ordnete der Hausarzt an, dass alle, die das Tier angefasst hatten sich vorsichtshalber gegen Tollwut impfen

lassen mussten. Leider hatte ich beim Einfangen des Tieres aktiv mit gemacht. Wir alle mussten nach Erfurt in eine Spezialklinik fahren, um uns behandeln zu lassen.

Wir nahmen es locker, setzten uns in den nächsten Zug und fuhren nach Erfurt.

Nach einer kurzen Untersuchung wurden wir alle ins Bett gesteckt.

Als uns der Arzt erklärte, dass wir heute eine Spritze, morgen die zweite und in 3 Wochen die dritte Spritze bekommen müssten, wurde die Sache schon ernster. Außerdem würden wir 6 Wochen krank geschrieben, weil wir sehr müde werden würden und uns schonen müssten. Auch gab es striktes Alkoholverbot für die nächsten 6 Wochen.

Ich wandte ein, dass ich gerade beim Diplom sei und einen Abgabetermin hätte.

Dann würde der Abgabetermin einfach verschoben, gab der Arzt zurück.

Bis hierher hatten wir das Ganze noch als lustiges Spiel angesehen, doch nun wurde es ernst.

Aber allen wurde nun klar, dass wir nur unter strenger Einhaltung der Anordnungen, wieder heil aus der Sache heraus kommen konnten.

Also hieß es durchhalten.

Etwas geknickt fuhren wir am nächsten Morgen nach der zweiten Spritze wieder nach Weimar zurück.

In Quarantäne mussten wir nicht, also ging ich am nächsten morgen wieder in die Schule.

Natürlich wurden wir alle von unseren Kommilitonen bedrängt. Jeder wollte nun wissen, wie es uns gehe.

Das ging mir auf den Wecker und ich machte einen Witz daraus. Als ich das nächste Mal gefragt wurde , ob ich etwas spüre, drückte ich beim Handschlag am Ende ruckartig zu!

Ich weiß noch, es traf Ingeborg. Sie zuckte sofort erschreckt zurück und fragte, ob ich etwas habe.

Mit der Zeit gewöhnten wir uns alle an die neue Situation. Allerdings hatte es sich bewahrheitet, dass man nach den Spritzen fürchterlich müde war.

Trotzdem schaffte ich meine Diplomarbeit termingerecht und brauchte die Verlängerung nicht in Anspruch nehmen.

2.16 Die Diplomarbeit

Einem meiner Kommilitonen passierte ein anderes Malheur. Er war mit der Zeichnung in der Größe ca. 1,00 x 1,50m fast fertig, da kippte er aus Versehen ein Glas Wasser über die Zeichnung.

Obwohl er das Wasser sofort mit einem Lappen absaugte, gab es Wellen im Papier.

Was nun tun?

Die ganze Zeichnung noch einmal anfertigen? Dazu reichte die Zeit nicht mehr, denn da steckten mindestens eine Woche Arbeit drin.

In seiner Not rief er seinen betreuenden Assistenten an. Der war sofort zur Stelle und wusste auch Rat.

Er machte jetzt die ganze Zeichnung vollkommen nass und spannte dann das Papier ganz stramm auf das Zeichenbrett, indem er es ringsum mit Reißbrettstiften ganz fest machte.

Das Ganze sah nun noch viel schreck-

licher aus, denn nun war das ganze
Blatt wellig!

So, sagte er, nun warten wir mal ab, wie
es morgen aussehen wird und ging nach
Hause.

Wie ein Wunder war die Zeichnung am
nächsten Tag völlig glatt!

Nur war sie jetzt ein paar Millimeter
eingegangen. Aber das konnte ja niemand mit bloßem Auge feststellen und
nachmessen würde es wohl niemand.

Damit schaffte er die Diplom-Arbeit
auch noch termingerecht.

2.17 Wunderbare Freundschaft

Ich arbeitete ehrenamtlich für das Rote Kreuz und war abkommandiert in ein Lager in Nordsyrien.

Um kurze Wege zu haben lebten wir in Containern am Rande des Lagers.

Meine Aufgabe war es heute, dafür zu sorgen, dass alles reibungslos ablaufen sollte. Da kam eine Gruppe von sechs Frauen an uns vorbei, die sich im Magazin mit Gebrauchsgegenständen eingedeckt hatten.

Sie hatten es wohl sehr wörtlich genommen, denn die meisten waren hoch beladen, so dass sie fast nicht mehr laufen konnten. Die letzte schleppte auch noch zwei Kinderfahrräder hinter sich her.

Das sah mein Chef und ordnete an, dass alle zurück gehen sollten und nur das mitnehmen, was sie dringend brauchen würden. Es solle ja für alle reichen.

Die erste Frau, sie stand gerade vor mir, hatte aber nur ein Buch in etwas Pappe

eingewickelt. Sie gab es mir und ging
wortlos mit den anderen zurück.

Ich sah sofort, dass es der Koran war
und nahm mir vor, ihn an sie zurück zu
geben, wenn sie wieder hier vorbei
kämen.

Doch da kam mein Chef und gab mir
den Auftrag, sofort einen Aktenordner
in ein anderes Zelt zu bringen.

Ich beeilte mich, doch als ich wieder
zurück kam, waren die Frauen schon
längst wieder vorbei.

Was nun tun?

Ich würde den Koran mit nach Hause
nehmen und versuchen, die Frau morgen irgendwie wieder zu finden.

Bald war für uns Ablösung da und wir
hatten Feierabend. Gemütlich setzte ich
mich vor meinen Container und trank
noch ein kühles Bier, das nach dem
vielen Wasser den ganzen Tag richtig
gut schmeckte. So langsam wurde es
dunkel.

Da war mir, als ob ich eine Gestalt im

Schatten der Nachbarcontainer gesehen hätte. Im nächsten Moment stand auch schon die junge Frau vom Nachmittag vor mir.

Natürlich erschrak ich in dem Moment, aber sie beruhigte mich, sie wolle nur fragen, ob sie ihr Buch zurück bekommen könnte.

Ich bot ihr zuerst meinen Stuhl an, während ich mich auf einen großen Stein setzte. Dann holte ich ihr ein Glas Wasser und brachte den Koran gleich mit.

Sie bedankte sich und wollte gleich wieder gehen. Doch ich bat sie, noch etwas zu bleiben, denn nun hatte mich interessiert, wer sie eigentlich ist.

Zuerst fragte ich sie, woher sie denn so gut Deutsch spreche und sie antwortete, dass ihre Mutter aus Deutschland stamme.

Meinen weiteren Fragen wich sie aber geschickt aus. Ich ahnte, dass sie sicher viel durch gemacht hatte und so stand es mir nicht zu, danach zu fragen.

Zu ihrem Beruf hatte sie sich aber geäußert und so wusste ich, dass sie Geographie studiert hatte. Demnach kannte sie sich in der Welt etwas aus.

Nach einer ganze Weile meinte sie, dass sie nun gehen müsse.

Zum Schluss fragte sie mich, ob sie morgen Abend wieder kommen dürfe.

Ich sagte, das ich mich freuen würde, denn die Abende alleine waren immer sehr langweilig.

So ging es ein paar Tage lang und ich freute mich schon immer auf den Abend, denn ich konnte von ihr sehr viel lernen.

Dann stand für das Personal ein Kulturabend bevor. Da wurde extra für uns ein Theaterstück aufgeführt. Weil aber die Nachfrage nicht sehr groß war fragte ich meinen Chef, ob ich eine Karte mehr haben könnte.

Das war kein Problem.

Am nächsten Abend lud ich Layla, denn

so hatte sie sich vorgestellt, ein zu dem Theaterabend.

Zuerst war sie begeistert, doch dann meinte sie, dass sie ja gar nichts passendes anzuziehen hätte.

Ich beruhigte sie, denn in der Stadt gab es inzwischen schon wieder Läden mit neuen Kleidern.

Sie willigte zwar ein, aber ich merkte, dass es ihr dabei nicht so ganz wohl war.

Bis zur Vorstellung waren noch ein paar Tage und so fanden wir Zeit, um miteinander in die Stadt zu fahren. Auch ein geeigneter Laden war bald gefunden.

Wir hatten Glück, dass wir an eine nette Verkäuferin geraten waren, die uns sehr gut beraten hat.

Sie entschied sich für ein langes schwarzes Kleid aus feiner Seide. Es stand ihr ganz ausgezeichnet, es war auch nicht ganz billig. Aber das spielte keine Rolle, denn es war nicht teuer und wir hatten hier ohnehin kaum eine Möglichkeit, Geld auszugeben. Und immer nur in Kneipen herum hängen und sich besaufen, wie die anderen meiner Kollegen, lag mir nun gar nicht.

Das Kleid ließen wir einpacken und sie wollte, dass es bei mir deponiert werden sollte.

Der Vorstellungsabend rückte an. Sie kam zu mir, um nun ihr Kleid anzuziehen. Doch da ergab sich ein unerwartetes Problem. Nach einer Weile rief sie mich, denn sie könnte alleine das Kleid nicht anziehen.

Als ich dazu kam sah ich warum. Sie hatte am linken Oberarm eine tiefe noch recht frische Narbe. Anscheinend eine Schussverletzung.

Ich half ihr, ohne ihr zu nahe zu kommen.

Jetzt war mir auch klar, warum sie ein Kleid mit langem Arm ausgesucht hatte. Es wurde ein gelungener Abend und ich merkte, dass es ihr auch gefallen hatte.

Wir trafen uns nun natürlich öfter bei mir. Ich merkte, dass es ihr gut tat. So langsam deutete sie auch an, was passiert war.

Eines Abend stellte ich eine angebrochene Rotweinflasche auf den Tisch und fragte, ob sie auch ein Glas mittrinken wolle.

Sie nickte. Darauf goss ich auch ihr etwas ein und wir stießen miteinander an.

Mir kam es so vor, als wenn sie heute etwas lockerer war, am Wein konnte es noch nicht liegen, denn sie hatte nur daran genippt.

Nach und nach begann sie erst stückweise, dann aber zusammenhängend zu erzählen, was ihrer Familie geschehen war.

Es war eine brutale Miliz gekommen und hatte das ganze Haus durchsucht. Nachdem sie aber nicht gefunden hatten, wonach sie gesucht hatten erschossen sie ihren Vater. Danach machte sich eine ganze Mannschaft daran meine Mutter und uns drei Töchter mehrfach zu vergewaltigen. Dann gingen sie wieder.

Doch nach einiger Zeit kamen sie wieder. Wir hörten sie kommen und hatten uns vor Angst in die Ecke eines Raumes verkrochen.

Sie kamen herein und schossen sofort auf uns mit ihren Maschinenpistolen.

Dann gingen sie endgültig.

Wie von Sinnen erwachte ich nach einer Weile und hörte meine jüngere Schwester jammern. Sie also schien noch zu leben, die anderen bewegten sich nicht mehr.

Ich war so unglücklich gefallen, dass ich unter dem Körper meiner älteren Schwester lag. Aber das war offensichtlich mein Glück gewesen, denn ich hatte nur ein Schuss in den rechten Oberarm bekommen. Blutend befreite ich mich und kroch zu meiner jüngeren Schwester. Doch sie gab keinen Laut mehr von sich. Nun musste ich mich um meine Wunde kümmern. Mit einem Stoffstreifen von einem Hemd verband ich provisorisch die Wunde und kroch danach vorsichtig zur Haustür. Dann wurde ich bewusstlos.

Dort fanden mich Nachbarn, die mir meine Wunde mit Alkohol desinfizierten und mich dann mit nahmen in dieses Lager. Dort wurde ich dann medizinisch versorgt.

Zum Schluss fragte sie mich ganz unvermittelt, ob sie heute bei mir schlafen dürfe. Sie würde alleine immer so schreckliche Träume haben.

Ich gab ihr einen Schlafanzug von mir und wir gingen ins Bett. Sie schmiegte sich ganz eng an mich und wir schliefen ganz schnell ein.

Auch an den folgenden Abenden bat sie, bei mir zu bleiben.

Als sie eines Abends ins Bett kam hatte sie aber nur das Oberteil an. Entschuldigend meinte sie, dass sie mich spüren wolle, vielleicht könnte sie dadurch ihre Blockade lösen.

Sie kuschelte sich an meinen Rücken und ich konnte ganz deutlich ihre festen Brüste spüren.

Gegen Morgen wachte ich auf und wollte sie in meine Arme nehmen. Doch da musste ich feststellen, dass ich ganz alleine im Bett lag.

Die wunderbare Freundschaft war leider nur ein grausiger Traum gewesen.

2.18 Der Flaschensammler

Der letzte Tag unserer Rundreise war angebrochen. Ich hatte noch einen ausgiebigen Bummel durch die Stadt gemacht, ohne jedoch ein Ziel zu haben.

Zum Schluss landete ich in einem Restaurant, um vom fast letzten Geld noch ein kühles Bier zu trinken. Ich hatte einen geschickten Platz, denn ich konnte von dort die ganze Straße übersehen.

Nach einer Weile sah ich, wie ein alter Mann mit nur einem Arm vorbei ging. Er trug einen riesigen Sack auf dem Rücken und ging von Mülleimer zu Mülleimer, um Plastik-Flaschen zu sammeln.

Blitzschnell schoss es mir durch den Kopf, dass ich dem Mann helfen wolle.

Ich sprang auf und wollte zum Ausgang laufen. Doch da stellte sich mir die Wirtin in den Weg und meinte, dass ich erst zahlen müsse. Ich gab nur zurück, dass ich gleich wieder da sei und ging hinaus.

Schnell hatte ich den Mann eingeholt und stellte mich ihm in den Weg. Dann suchte ich all mein Kleingeld zusammen und gab es ihm. Es waren noch an die 4 bis 5 Euro.

Verdutzt schaute er mich an und bedankte sich.

Dann ging ich wieder ins Lokal zurück und trank mein Bier aus. Als ich zahlen wollte kam die Wirtin persönlich.

Sie strahlte mich an und meinte, dass ich für meine gute Tat ihr Gast sei und Gäste sind eingeladen. Ich war verdutzt und wollte widersprechen. Aber sie duldete keinen Widerspruch. Darauf bedankte ich mich herzlich und ging.

Ich nahm mir vor, solche arbeitsamen aber behinderte Menschen öfter zu bedenken, anstatt irgendwelchen organisierten Bettlern etwas zu geben.

Der nächste war ein Mann mit nur einem Bein, der Botendienste machte.

2.19 Der alte Mann

Alle schwärmten so von Urlaub in Ungarn, also wollte ich es doch auch einmal versuchen.

Kurz entschlossen packte ich mein Zelt ein und fuhr los.

Doch welch ein Chaos erwartete mich auf dem Campingplatz am Plattensee!

Der Platz war total überlaufen von Ostdeutschen. Aber mit einem kleinen Trinkgeld gelang es mir doch auf den Platz zu kommen.

Mein Zelt war schnell aufgebaut, nun brauchte ich nur noch ein paar Kleinigkeiten aus dem Supermarkt und schon könnte ich entspannen.

Eigentlich gab es hier recht viel zu kaufen, das lag sicher auch daran, dass hier viele internationale Gäste waren.

Schnell hatte ich gefunden, was ich brauchte. Aber ich ging trotzdem alle Regalreihen durch, denn ich wollte doch sehen, was es so alles gab.

Dabei viel mir eine Gruppe westdeutscher Jugendlicher auf, die vor dem Sektregal standen.Ich hörte, wie einer sagte:

Nimm doch noch zwei Flaschen , die kosten ja nix!

Dann ging ich an die Kasse.

Vor mir stand ein alter Mann, er hatte nur ein Päckchen Rasierklingen und ein Brot von gestern, ich erkannte es am roten Preisaufkleber.

Er machte einen sauberen Eindruck, obwohl er einen Zweireiher Anzug von vor 50 Jahren trug. An seinen Schwielen an den Händen konnte man ablesen, dass er wohl einer schweren Arbeit nachginge.

Hinter mir standen die 4 jungen Männer aus Westdeutschland.

Als der alte Man an der Reihe war gab es einen kleinen Stau, denn er hatte Mühe genügend Geld in seinen Taschen zu finden, obwohl er schon eine ganze Weile kramte.

Ungeduldig nahm die Kassiererin das

Brot vom Band und warf es zur Seite.
Ich hatte es beobachtet und fragte die
Kassiererin, wie viel denn da fehle.
Darauf meinte sie barsch 380 Forint,
das war gerade mal etwas mehr als 1 €!
Darauf legte ich 2.000 Forint auf die
Theke.
Inzwischen begannen die 4 jungen Bur-
schen hinter mir zu rebellieren:
Alter mach hinne!
Wenn Du kein Geld hast, hau ab!
Alter Penner!
Und so weiter.
Inzwischen wollte mir die Kassiererin
das Restgeld geben, aber ich gab ihr zu
verstehen, dass sie es dem alten Mann
geben sollte.
Darauf schaute sie mich ganz verächt-
lich an tat aber, was ich gesagt hatte.
Vor der Ladentüre blieb ich stehen und
wartete bis die 4 Jungen auch heraus
kamen. Ich ging auf sie zu und sagte in
ganz bestimmtem Ton, dass ich jetzt
sammeln würde für den alten Mann.

Alle die ihn vorhin beleidigt haben sollten Geld in meine Hand legen! Die 4 schauten mich verdattert an und wollten widersprechen. Darauf legte ich noch zu:

Ich könnte sie auch anzeigen. Auf Beleidigung stände hier etwa 14 Knast. Und wegen Fahren unter Alkohol kämen mindestens noch 4 Wochen dazu! Wir wären hier nicht in Westdeutschland, wo man sich mit Geld frei kaufen könne.

Das saß!

Jeder griff wortlos in seinen Geldbeutel und zog einen Schein heraus. Der Dritte wollte nur 1.000 Forint geben, die gab ich ihm wieder zurück und bat höflich aber bestimmt um einen größeren Schein!

Dann drehte ich mich um nach dem alten Mann, dem ich einen Wink gegeben hatte zu warten. So hatte er meine Sammelaktion von Anfang an mit bekommen.

Nun übergab ich ihm das einge-
sammelte Geld, nachdem ich auch noch
ein paar Scheine dazu getan hatte. Jetzt
waren das immerhin so um die 25 bis
30 €! Die übergab ich ihm nun, im
Beisein der 4 Burschen.

Immer wieder bedankte er sich auf
ungarisch, denn er konnte die Aktion
immer noch nicht ganz verstehen.

Die 4 jungen Männer setzten sich
wortlos in ihr Kabrio und fuhren ohne
Lärm davon. Vielleicht haben sie ge-
glaubt, ich gehöre der Geheimpolizei
an, aber in dem Punkt ließ ich sie
bewusst im Zweifel.

Die Vier werden sicher noch lange über
den Vorfall diskutiert haben. Vielleicht
ist auch etwas Einsicht dabei heraus
gekommen.

2.20 Der Zoll

Bei meiner ersten Reise nach Bali war ich von einer armen Familie eingeladen worden. Dabei hatte ich gesehen, dass die Bauersfrau sich keine Brille leisten konnte.

Da war mir spontan der Gedanke gekommen, dass ich dieser Frau eine Brille bringen werde.

Ich fragte zu Hause herum und hatte im Nu 50 gebrauchte Brillen beieinander.

Doch von keiner kannte ich die Sehstärke.

In meiner Verzweiflung ging ich zu Fielmann und trug mein Problem vor.

Ich hatte Glück, denn ich war an eine verständnisvolle Frau geraten. Die erklärte mir, das das kein Problem sei. Ich solle alle meine Brillen in ihr Geschäft bringen. Sie würde alle Brillen durch messen lassen. Jede Brille bekäme dann ein Etui und einen Brillenpass mit allen Werten.

Das bekäme ich kostenlos. Es wäre

sozusagen ihr Beitrag zu meiner geplante guten Tat.

Als ich die Brillen wieder holte sah ich, dass da auch Brillen mit zwei unterschiedlichen Gläsern dabei waren, die ich aussortierte.

Es blieben aber am Ende immer noch 35 brauchbare Brillen übrig.

Die packte ich schön säuberlich in meine zwei Koffer.

Natürlich hatte ich schon damit gerechnet, dass mich jemand fragen könnte. Deshalb hatte ich mir auch schon auf Englisch ein paar Sprüche zurecht gelegt.

Doch es ging alles glatt, ich kam heil in Denpasar an.

Als ich meine Koffer vom Band nahm, sagte eine junge Deutsche neben mir, dass sicher bald der Zoll etwas von mir wissen wolle, denn da waren mit Kreide 3 Kreuze drauf. Ehe ich noch etwas überlegen konnte stand auch schon der Zollbeamte vor mir und bat mich die

Koffer zu öffnen.

Ah, sagte er, Optiker!

Nein, antwortete ich ihm, diese Brillen möchte ich an arme Leute verschenken.

Er tat aber so als hätte er mich nicht verstanden und nahm eine Brille nach der anderen aus dem Etui.

Darauf bat ich ihn, bitte alle Brillen wieder genau in das richtige Etui zu stecken, was er wortlos befolgte.

Nach einer Weile gesellte sich auch noch eine Zöllnerin dazu und fing auch an zu sortieren.

Da ich wusste, wie Indonesier reagieren fing ich an leise auf deutsch vor mich hin zu schimpfen.

Das zog, sie legte die Brillen wieder weg und ging.

Nur der erste Zöllner war immer noch am Sortieren.

Da kam mir eine Idee. So einfach würde ich ihn wohl nicht los werden. Aber wenn ich eine Brille........

Ich sagte zu ihm, dass er die Brille, die

er gerade aufsetzte ihm gut stände und er sie behalten dürfe.

Und schon war die Kontrolle beendet und ich durfte einpacken und gehen.

Immerhin hatte ich dadurch noch 34 Brillen gerettet.

2.21 Begegnungen mit Roma

Mit unserem Wohnwagen fuhren wir zum ersten Mal nach Südfrankreich in Urlaub.

Das war immerhin eine Strecke von ca. 1.000 km. Da man mit einem Wohnwagen zu der Zeit nicht schneller fahren durfte als 80 km/h, war es ratsam unterwegs zu übernachten. Das ist im Prinzip gar kein Problem, denn man hat ja seine Betten dabei. Zur Sicherheit suchten wir aber einen Campingplatz, um zu übernachten.

Unser Kühlschrank im Wohnwagen konnte man mit 24 Volt, mit 230 Volt und auch mit Gas Betreiben.

Auf dem Platz war es ratsam auf 230 Volt zu stellen. Unterwegs stellte ich ihn aber auf 24 Volt ein, weil mir der Gasbetrieb während der Fahrt zu riskant vor kam.

Im Glauben es ginge schon gut, ließ ich ihn auch während der Nacht auf 24 Volt laufen.

Doch am nächsten Morgen dann die Ernüchterung, unser Diesel wollte nicht mehr anspringen!

Der Kühlschrank hatte so viel Strom gebraucht, dass die Batterie es zwar noch schaffte vor zu glühen, aber nicht mehr den den Motor zu starten.

Was nun tun, wir kannte hier ja niemand und eine Werkstatt gab es auch nicht.

In meiner Not sah ich mich um und entdeckte zwei riesige Wohnwagen, die offensichtlich zwei Roma-Familien gehörten.

Ich dachte, fragen kostet ja nichts.

Ich fragte höflich, ob er mir helfen könne.

Doch ich war überrascht, wie der Besitzer des größten Wohnwagens sofort alles stehen und liegen ließ, um mir zu helfen.

Ich erklärte ihm nun mein Problem und er meinte, dass dies ihm auch schon passiert sei. Aber aus Schaden lernt

man. Ich hätte zwei Möglichkeiten:-
-Sein Freund hätte ein Ladekabel dabei,
damit könnte man Starthilfe geben.
Aber der sei gerade in die Stadt
gefahren.
-Oder wir könnten versuchen den
Wagen an die Abfahrt zu schieben, das
war eine ca. 2 m Höhendifferenz auf
dem Platz. Wenn ich dann Vorglühen
könnte, den zweiten Gang einlegen und
die Abfahrt hinunter rollen ließ, könnte
der Motor anspringen.
–Gesagt, getan.
Es klappte, ich drehte eine Runde um
den Campingplatz und das reichte , um
die Batterie so zu füllen, dass ich den
Motor wieder starten konnte.
Dafür bedankte ich mich ganz herzlich
und unsere Fahrt konnte weiter gehen.
Auf der Rückfahrt fuhren wir zur Übernachtung auf einen Autobahnrastplatz,
so hatten es uns die Nachbarn auf dem
Campingplatz empfohlen.
Doch es war sehr voll, weil die Roma

gerade von ihrem jährlichen Treffen in St.-Marie-de-la-Mer auch auf dem Heimweg waren. Wir fanden gerade noch einen Platz zwischen zwei riesigen Wohnwagen mit Überbreite. Man hätte sich durch die Fenster die Hand geben können, so eng ging es zu.

Meine Frau äußerte Bedenken, ob uns die Zigeuner nicht ausrauben oder sogar umbringen könnte.

Ich beruhigte sie.

Sollten wir morgen noch am Leben sein würde ich sie bitten, nie mehr Zigeuner zu sagen!

Zur Sicherheit schlossen wir nachts, wie sonst auch die Fenster und ließen nur die Dachluke offen.

Am nächste Tag lebten wir noch und es fehlte auch nichts.

Ich glaube, es war eine gute Lexikon für meine Frau.

2.22 Die Reifenpanne

Auf dem Campingplatz trifft man viele interessante Leute. Meistens sind es sehr praktisch veranlagte Menschen.

So erzählte mir ein Auto-Mechaniker-meister bei einer Gelegenheit, dass man ganz alleine einen Autoreifen selbst reparieren könne, falls man mal weit weg ist von einer Werkstatt.

Man bräuchte dazu nur ein paar Kleinigkeiten:

2 Montiereisen , ein 30 cm Brett, und einen neuen Reserveschlauch.

Und natürlich das know how dazu.

Aber das könne jeder lernen.

Interessant fand ich das und ließ es mir genau erklären.

Also man legt das kaputte Rad seitlich unter das Auto.Genau dort, wo der Wagenheber angesetzt werden muss.

Dazu muss man aber den Reservereifen montiert haben, damit das Fahrzeug auf 4 Räder steht und nicht etwa umkippt.

Dann legt man das Brettstück auf den

Reifen und setzt den Wagenheber darauf. Nun so lange kurbeln, bis der Wagenheber den Reifen von der Felge gedrückt hat. Jetzt kommen die beiden Montiereisen zum Einsatz, mit denen man den Reifen von der Felge holt. Dann den alten Schlauch herausnehmen -falls einer drin war - und den neuen Schlauch vorsichtig einlegen. Darauf achten, dass das Ventil sauber sitzt.

Nun nur noch mit einer Pumpe den Schlauch aufpumpen. Nach einer Weile gibt es einen kleinen Knall und der Reifen ist wieder in die richtige Position auf die Felge gesprungen.

Fertig!

Normalerweise braucht man so etwas nicht, aber was ist schon normal?

Als wir wieder einmal in Südfrankreich auf dem Campingplatz waren wollte ich eines Tages in den Supermarkt, um ein zu kaufen.

Mir fiel auf, dass das Auto heute aber recht schief da stand. Ich kontrollierte die Reifen und musste feststellen, dass ein Reifen total platt war. Es steckte eine dicke Schraube in der Lauffläche!

In die Werkstatt fahren war in dem Zustand nicht möglich. Aber ich hatte ja noch den heilen Reservereifen.

Dabei fiel mir ein, dass ich doch gleich bei der Gelegenheit probieren könnte, einen Schlauch selbst einzulegen, nach der Anweisung des Meisters, denn wir planten gerade eine größere Tour.

Freilich dauerte es ein ganze Stunde, bis ich den Reifen repariert hatte. Aber ich hatte mir selbst den Beweis geliefert, dass ich mir im Ernstfall alleine helfen konnte.

Im nächsten Jahr fuhren wir dann tatsächlich eine fast 10.000 km mit Wohnwagengespann durch Marokko.

Dabei haben wir nicht eine Panne gehabt, obwohl ich alles dabei gehabt hätte, sogar noch eine neue Reifendecke.

2.23 Der Sonnenstich

So eine Reise durch ein fremdes Land hat aber auch seine Tücken. Wir waren ganz im Süden Marokkos und die Sonne brannte heiß, also fuhren wir fast immer mit herunter gefahrenen Scheiben. Zusätzlich hatte ich aber das Schiebedach immer offen. Weil ich aber immer ohne Kopfbedeckung gefahren war, hatte ich mir einen Sonnenstich geholt.

Ich merkte es aber erst am nächsten Morgen, als ich aufstand.

Gewöhnlich machte ich mir zuerst einen starken Kaffee. Doch darauf hatte ich heute gar keinen Appetit. Dafür musste ich oft auf die Toilette, weil ich Durchfall hatte. Anscheinend hatte ich auch leichtes Fieber.

Ich ging ins Restaurant, des Campingplatzes und bestellte mir einen Pfefferminztee.

Kaum saß ich, gesellte sich auch schon ein Einheimischer dazu.

Wie immer fragte er zuerst, wie es mir
ginge.
Ich antwortete ihm, dass es mir heute
ganz be....... ginge.
Warum, fragte er verdutzt zurück,
Ich hätte leichtes Fieber, Durchfall und
keinen Appetit.
Jetzt fragte er zurück, ob ich schon ir-
gendwelche Medikamente genommen
hätte.
Ich verneinte.
Das ist gut.
Ich bräuchte jetzt einen richtigen Tee.
Wo gibt es den?
Auf dem Markt.
Und wo ist der nächste Markt?
Hier leider nicht, aber in 20 km
Entfernung gäbe es einen.
Ich fragte , ob er Zeit hätte mit mir dort
hin zu fahren und er war einverstanden.
Jetzt weckte ich einen meiner Söhne
und wir fuhren zu dritt auf den Markt.
Der junge Mann kannte sich anschei-
nend aus und ging mit uns von Stand zu

Stand. Endlich hatte er wohl das Richtige für mich gefunden. Es war ein Gemisch an getrockneten Kräutern das aber so aus sah, als hätte man es im Wald willkürlich zusammen gekehrt.
Davon bestellte er eine ganze Tüte voll.
Ich war jetzt aber gespannt, denn in Marokko tat man gut daran, vor der Bestellung nach dem Preis zu fragen.
Egal, da müsste ich nun wohl durch!
Ich bat den Verkäufer auch noch gleich ein Mittel gegen Erkältung einzutüten, denn sicher würden wir uns durch die offenen Fenster beim fahren erkälten.
Dann ging es ans Bezahlen.
Er wollte von mir für jede Tüte umgerechnet 50 Cent, das war absolut fair.
Ich zahlte und wir verließen den Markt.
Darauf lud ich den jungen Mann ein zu einem ausgiebigen Essen, wobei ich mich aber zurück hielt.
Auf dem Campingplatz machte ich mir nun zuerst eine Kanne Tee, von der ich dann im Laufe des Tages immer wieder

trank. Ich versuchte es auch mit einem Zwieback, aber den trug ich sofort wieder auf die Toilette.

Also blieb ich den ganzen Tag bei meinem scheußlichen Tee.

Als ich am nächsten Morgen erwachte hatte ich das Gefühl, ich könnte fliegen, so gut ging es mir.

Ein paar Tage später machten wir eine Tagestour durch die Wüste. Am Abend hatte es meinen Kleinen so erwischt, wie mich vor ein paar Tagen.

Ich ließ ihn einen Tag lang den scheußlichen Tee trinken und es war vorbei.

Den Wundertee haben wir gelegentlich mit absoluter Wirkung oft zu Hause noch getrunken.

Jetzt ist er alle, ich glaube es ist Zeit, wieder nach Marokko zu fahren.

3.00 GRUSELGESCHICHTEN

3.01 Der beschwerliche Heimweg

Man schrieb das Jahr 19 45 und wir waren als Flüchtlinge, in Mecklenburg bei Verwandtschaft gestrandet. Keiner hatte genügend zu essen, so gingen wir oft hungrig ins Bett.

Ich war 12 und wir wohnten bei einem Onkel. Der arbeitete in einer Großküche bei den russischen Besatzungstruppen wo manchmal Essen-Reste übrig blieben.

Meine Aufgabe war es jeden Tag von dieser Großküche die Essen-Reste zu holen und nach Hause zu tragen.

Dazu verwendete ich eine 10- Liter-Aluminium- Kanne.

Der Weg nach Hause betrug ungefähr 2 Kilometer und führte direkt um den örtlichen Friedhof herum. Das war eigentlich nicht weit, aber mit der meist halb vollen Kanne doch sehr beschwerlich.

Kürzer wäre nur der Weg direkt *über* den Friedhof, doch den mied ich, weil ich viele Gruselgeschichten gelesen hatte, die gerade auf dem Friedhof spielten. Außerdem hatte ich eine rege Vorstellungskraft.

Als eines Tages die Kanne beinahe voll war, war ich mit meinen Kräften am Ende. Und ich beschloss für mich, heute die Abkürzung zu nehmen.

Leider war es schon völlig dunkel und der Mond hatte begonnen zu scheinen. Zuerst ging ich durch das geräumige Friedhofstor und den Hauptweg ein Stück entlang. Ich bemühte mich, nicht rechts noch links zu blicken.

Doch dann musste ich nach rechts zwischen den Gräbern hindurch, um an den Nebenausgang zu gelangen.

Jetzt wurde es gruselig. Zuerst glaubte ich, es hätte mich jemand am Ärmel gepackt – es war aber nur ein Ast, der zu tief hing. Dann glaubte ich einen

Schatten huschen gesehen zu haben. Ich blieb stehen, setzte meine schwere Kanne ab und lauschte.

Doch nichts.

Es war nur der Schatten von einem Kreuz, der mich irritiert hatte.

Nach einer Weile, ich hatte mich wieder von der Last erholt, nahm ich meine Kanne und ging tapfer weiter bis ans Tor. Schließlich kam ich zwar durch geschwitzt aber heil wieder zu Hause an.

Meine Mutter war überrascht, dass ich heute schon so früh zu Hause war.

Ab da habe ich jeden Tag den Weg über den Friedhof genommen, weil ich über meinen Mut so stolz war.

3.02 Der Einbruchalarm

Ich wohnte im ersten Stock unseres großen Hauses. Im Erdgeschoss war unsere Agentur unter gebracht mit einem eigenen Zugang.

Eines Nachts, es war kurz vor Mitternacht sprang die Alarmanlage unseres Büros an.

Was war denn das?

Einfach hinunter zu gehen, getraute ich mich nicht, also rief ich die Polizei.

Es dauerte etwa zehn gaaaanz lange Minuten, bis das Polizeiauto endlich vor fuhr.

Telefonisch verständigten wir uns. Die Polizisten sagten mir, dass die Eingangtüre verschlossen und unbeschädigt sei. Ich solle herunter kommen, um die Türen zu öffnen.

Ich schloss die Tür auf und zwei Polizisten betraten das Büro. Ein Dritter sicherte derweil den Eingang.

Es dauerte eine ganze Weile, bis die zwei Polizisten wieder heraus kamen.

Sie grinsten mich an und führten mich nun hinein. Im Büro lagen viele Blatt Papier wild auf dem Boden verteilt!

Die hatte aber kein Einbrecher auf den Boden geworfen, sondern die Klima-anlage war auf höchster Stufe gestellt, angesprungen und hatte das Papier im Raum verteilt. Es ist uns auch nach vielfachen Überlegungen nicht möglich gewesen heraus zu finden, wie es zu dieser Einstellung gekommen ist. Auch der Kundendienst hatte dafür keine Erklärung.

Zum Glück mussten wir den nächtli-chen Polizeieinsatz nicht bezahlen.

3.03 Die Gutenachtgeschichte

Als Kind hat mir meine Großmutter vor dem Schlafen gehen immer eine Geschichte erzählt. Es waren immer schöne Geschichten, nach denen ich immer ganz friedlich einschlafen konnte.

Eines Abends dauerte es es eine Weile bis meine Großmutter zu mir ans Bett kam. Da hörte ich, wie Schritte unsere Hofeinfahrt herauf kamen und ich schlief in dem Moment ein.

Am nächsten Morgen fragte mich meine Großmutter, warum ich gestern so schnell eingeschlafen sei. Ich antwortete ihr, dass doch Tante Elly gekommen sei und mir vorgelesen habe.

Verdutzt antwortete sie mir, dass das nicht sein könne, denn Tante Elly sei gestern Abend ganz plötzlich verstorben.

Erst viele Jahre später, als ich größer war, ging mir die Geschichte wieder durch den Kopf, aber ich fand keine

plausible Erklärung.
Außer, dass meine Tante Elly, zu der ich
ein sehr vertrautes Verhältnis hatte, sich
von mir verabschieden wollte.

3.04 Das Handy

Mein Freund und ich hatten uns für einen Kneipenbummel verabredet, denn nach dem Stress der Prüfungszeit tat es gut einmal etwas zu entspannen.

Gegen 2 Uhr verabschieden wir uns und ich wollte mir ein Taxi rufen. Doch mein Handy war weg. Wir gingen zurück in die Kneipe und suchten alles ab, sogar in der Toilette sahen wir nach. Nichts!

Ich lieh mir das Handy meine Freundes und rief meine Nummer an. Nachdem es eine Weile geklingelt hatte, vernahm ich ein Kichern, dann wurde wieder aufgelegt.

Ich war sicher, dass der Dieb, wie er es auch immer angestellt hatte, mir mein Handy gestohlen hatte und es nie mehr zurück geben würde.

Völlig genervt fuhr ich mit dem Taxi nach Hause und wollte ins Bett gehen. Da bemerkte ich, dass mein Handy unbeschadet auf meinem Nachttisch lag!

Ich bin nie dahinter gekommen, woher das Kichern bei meinem Anruf gekommen sein kann.

Hatte sich eine falsche Verbindung aufgebaut oder war Jemand in meinem Zimmer an mein Handy gegangen.

3.05 Der Geist

Es war Winter, wir lebten noch auf unserem Hof in Hinterpommern, da passierte etwas für mich ganz Seltsames. Nach dem Abendbrot saßen wir noch eine Weile beieinander und unterhielten uns. Meine Mutter besprach dann meist, was am nächsten Tag zu tun sei. Da hörten wir alle Schritte an unserem Haus vorbei, auf den Hof kommen. Na, wer kommt denn da noch so spät, fragte sie in die Runde. Wir sahen uns alle fragend an, aber keiner gab eine Antwort. Meine Mutter sagte zur Magd, sie solle doch mal nach schauen. Aber da war niemand. Damit war die Angelegenheit eigentlich erledigt. Doch in der Nacht passierte genau das gleiche, wieder hörten wir Schritte auf den Hof kommen. doch wieder kam niemand ins Haus!

Später erfuhren wir, dass an dem Tag mein Onkel an einem schweren Leiden gestorben war.

3.06 Die Warnung

Ich hatte gerade meinen ersten gebrauchten Trabi gekauft und fuhr damit nach Hause. Wir wohnten in einem kleinen Dorf mit engen Dorfstraßen. Eine war besonders schwierig, denn sie war nach außen geneigt, so dass dort schon viele Autos von der Straße abgekommen waren.

Als ich auf die Kurve zu fuhr, musste ich daran denken. In dem Moment hatte ich den Eindruck, es sei mir jemand auf die Motorhaube gesprungen, denn ich konnte momentan nichts sehen.

War ich etwa zu schnell gefahren?

Langsam fuhr ich weiter und kam auch sicher zu Hause an.

Jedes Mal, wenn ich durch diese Kurve fuhr da passierte mir das Gleiche! Ich konnte es mir nicht erklären.

Später hörte ich, wie sich die Leute im Dorf eine alte Geschichte erzählten, von einer Frau, die in dieser Kurve von einem Raser tot gefahren worden war.

Mir schien, dass die Seele dieser Frau nun an der Kurve wachte und alle Autofahrer ein bremste, die zu schnell fuhren.

3.07 Der Mitfahrer

Ich war auf dem Heimweg von einer Geburtstagsfeier meines Freundes. Es war recht spät geworden und ich hatte ausreichend Bier intus.

Um nicht etwa von der Polizei gestoppt zu werden, nahm ich den Umweg durch den Wald, der nie kontrolliert wurde.

Plötzlich sah ich ein Hindernis direkt vor mir mitten auf der Straße. Langsam fuhr ich näher, konnte aber nicht erkennen, was es war. Also hielt ich und stieg aus.

Nichts!

Hatte ich so viel getrunken, dass ich jetzt schon Halluzinationen hatte, ging mir noch durch den Kopf?

In dem Moment hatte sich ein anderes Auto von hinten genähert und hielt auch. Ich erkannte einen Bekannten, der auch auf der Party gewesen war.

Als ich wieder einstieg und weiter fahren wollte, fing der an zu Hupen und Lichtsignale zu geben. Doch ich fuhr weiter.

Im Dorf angekommen hielten wir vor unserem Haus. Ich ging zu seinem Auto und fragte ihn, was seine Lichtzeichen dauernd hinter mir zu bedeuten hatten. Da meinte er, dass er genau gesehen hätte, dass hinter mir ein fremder Mann gesessen habe.

Wir gingen zu meinem Auto und da lag auf dem Rücksitz tatsächlich ein fremder Mantel und ein Hut, den ich noch nie gesehen hatte!

3.08 Der Taucher

Es hatte sich bei uns auf dem Campingplatz eingebürgert, das wir unsere Miesmuscheln regelmäßig selbst tauchten. Dazu bot sich das Cap geradezu an. Allerdings war es ratsam nur bei Landwind dort ins Wasser zu gehen, denn alle Felsen waren mit winzigen Miesmuscheln bestückt, die bei unsanfter Berührung wie eine Reibe wirkten. Bei Landwind war allerdings das Wasser viel kälter, weil das warme Wasser vom Land angetrieben wurde.

Doch dagegen gab es ein Mittel, wir zogen uns in Ermangelung eines Taucheranzuges ein T-Shirt an. Dann war es wärmer.

Vom Campingplatz zum Cap war es nur ein paar Kilometer, wir fuhren aber immer mit dem Auto dort hin. Wir suchten uns eine geeignete Stelle, von der man am bequemsten ins Wasser kam und von wo man die besten Muschelbänke erreichen konnte.

Heute war hier mehr los. Etwa 30 Meter von uns entfernt zog gerade ein Taucher seine komplette Taucherausrüstung an. Das war ungewöhnlich, denn alle Muscheltaucher tauchten nur mit Schnorchel. Aber mir war das egal, wir zogen uns jeder ein T-Shirt an, nahmen unsere Schnorchel und tauchten ab zu den Felsen. Einen Kescher mit Deckel hatten wir dabei, der durch einen Schwimmer an der Wasseroberfläche gekennzeichnet war.

Natürlich behielt ich meine Buben ständig im Auge, um jede Unfallgefahr aus zu schließen. Doch plötzlich sah ich, wie der Taucher mit Flasche ganz dicht hinter meinen Buben her schwamm. Sofort schwamm ich ihm nach! Als er das bemerkte drehte er ab und schwamm hastig zu seinem Standort zurück. Sicher hatte ihn mein Dolch beeindruckt, den ich in der Hand hielt, um die Muscheln von den Felsen lösen zu können. Als ich auftauchte sah ich wie er hastig in sein Auto stieg und weg fuhr. Ich konnte aber vom Wasser aus nicht sein Nummernschild erkennen. War auch egal, er war ja nun weg.

Der Ausflug endete aber doch noch lustig. Als wir an der nächsten Ampel halten mussten sprang ich heraus, um aus dem Kofferraum meine Geldbörse zu holen. Da hupte das hinter uns stehend Auto. Als ich ihn fragend ansah, deutete er nur nach unten. Ich schaute an mir herunter und musste feststellen, dass ich ja gar keine Hose an hatte. Denn nach dem letzten Tauchgang zogen wir jedes Mal immer schon unsere Badehosen aus, um nicht die Polster mit Salzwasser zu verschmutzen, schließlich kamen wir ja vom FKK-Strand.

Ich hielt mir das Gesicht zu, damit mich keiner erkennen sollte, stieg ins Auto und fuhr los, denn die Ampel war inzwischen auf grün.

3.09 Der furchtlose Schuster

Abends nach getaner Arbeit saßen drei Schustergesellen im Wirtshaus beim Bier. Es wurde viel diskutiert und so kam man auch auf die Gruselgeschichte in Anklam zu sprechen.

Da meinte der Erste, dass all die Gruselgeschichten doch nur erfunden seien, um den Menschen Angst und Schrecken einzureden.

Er jedenfalls ließe sich davon nicht beeinflussen.

Er würde sich sogar nachts auf den Friedhof setzen, um zu Schustern, ohne dabei Angst zu haben!

Daraus wurde schnell eine Wette. Seine beiden Kumpel wollten das doch mal prüfen.

Und so verabredeten sie, dass in einer Vollmondnacht der erste Geselle auf dem Friedhof in der Aussegnungshalle neben einem Sarg einen Schuh reparieren sollte.

Der Erste war einverstanden.

In der nächsten Vollmondnacht nahm der erste Geselle sein Werkzeug und zog abends in die Kapelle und setzte sich neben den offenen Sarg.

Als es richtig dunkel war zündete er eine Kerze an, damit er seine Arbeit besser sehen könnte. Er war sichtlich bemüht ständig beschäftigt zu sein, damit er auch auch wirklich nicht auf ängstliche Gedanken kommen könnte.

Inzwischen hatte sich das Wetter geändert. Der Wind blies nicht nur durch die nahen Bäume, sondern auch durch die halb offene Kapellentür und blies das Licht aus.

In dem Moment war es 24 Uhr und die Glocke schlug zwölf Mal.

Genau beim zwölften Schlag drehte sich die Leiche im Sarg um!

Der furchtlose Schustergeselle nahm seinen Schusterhammer drehte sich um und schlug der vermeintlichen Leiche mehrere Male hart auf den Kopf. Dabei murmelte er, dass Leichen gefälligst still zu liegen hätten.

Ab da war wirklich Ruhe.

Später stellte sich heraus , dass sein Kumpel die vermeintliche Leiche gespielt hatte.

Nun war er aber leider tot!

3.10 Das Klopfen

Nach dem Studium zog ich aus beruflichen Gründen nach Leipzig. Das größte Problem war es, hier eine Wohnung zu finden. Die meisten Hausbesitzer waren darauf eingerichtet, nur Gäste zu bewirten, denn es finden dort das ganze Jahr über viele Messen statt.

Etwas außerhalb hatte ich durch eine Anzeige ein Zimmer gefunden. Auf einem großen, aber recht verwilderten Grundstück stand eine alte Villa. Die Besitzerin bewohnte das Erdgeschoss.

Sie sah offensichtlich nicht gut, denn sie hatte ganz dicke Brillengläser. Außerdem besaß sie eine Katze, die immer wenn ich sie besuchte, auf ihre Schultern sprang. Anscheinend hörte sie auch schlecht und wenn sie abends ihre Hörgeräte heraus nahm, gar nichts. Sie war mir gar nicht sympathisch, ja sogar richtig unheimlich.

Im Souterrain wohnte eine junge Studentin und im Obergeschoss ein alleinstehender älterer Mann.

Mir wurde das Dachgeschoss angeboten. Da ich sonst nichts Besseres fand sagte ich zu und zog ein.

Zu Allen hatte ich lockeren Kontakt, nur nicht zu dem Mann unter mir. Der ging mir immer aus dem Weg und grüßte auch nicht mal zurück.

Letztlich war mir das egal, ich war den ganzen Tag ohnehin nicht zu Hause.

Doch nach kurzer Zeit wachte ich nachts auf und hörte ein Klopfgeräusch. Es kam scheinbar von unten. Anfangs dauerte es nur wenige Minuten, dann wurde es von Nacht zu Nacht immer länger. Es führte dazu, dass ich manche Nacht immer wieder wach wurde und am Morgen wie gerädert aufstand.

Ich überlegte, was dagegen zu tun sei. Ich könnte mit der Wirtin reden, aber die würde mir sicher sagen, dass ich spinne. Denn sie hatte es ja wohl noch nie gehört. Und den Mann unter mir einfach ansprechen ging auch nicht, der ging mir ohnehin völlig aus dem Wege. Der würde sicher nicht mal mit mir reden.

Dann kam mir eine Idee. Ich könnte das Klopfen mit dem Handy aufnehmen und meinen Kollegen vor spielen. Vielleicht hätte da einer einen verwertbaren Vorschlag.

Alle hörten sich die Geräusche an und hatten auch Erklärungen parat, von Schwarzarbeit bis Tiergeräusche, aber nichts Brauchbares.

Zufällig kam unser Chef dazu und hörte die Töne. Er reagierte sofort, denn er hatte Morsezeichen erkannt. Es war immer hintereinander:*kurz-kurz-kurz-lang-lang-lang-kurz-kuz-kurz*! Das sei eindeutig *SOS*!

Sein Vorschlag: Sofort damit zur Polizei zu gehen!

Ich hatte Glück, dass ich auf einen sensiblen Polizisten traf, der mich sofort ernst nahm und Maßnahmen einleitete. Mit zwei Polizeiwagen, aber

ohne Blaulicht und Martinshorn fuhren
sie mit mir zu unserem Haus. Die Haustüre schloss ich mit meinem Schlüssel
auf. Doch an der Wohnungstüre des
Mannes bewegte sich nichts. Außer,
dass das Klopfen wieder begann.
Darauf öffneten die Polizisten die
Wohnungstüre gewaltsam und gingen
durch die Wohnung. Ganz versteckt in
einer kleinen Kammer saß ein gefes-
selter Mann, offensichtlich als Geisel.
Nach seinem Zustand zu urteilen, muss
der schon lange gefangen gehalten worden sein.
Jetzt wurde er befreit und der grimmige
Wohnungsinhaber verhaftet.
Was der Grund für die Geiselnahme war
und wie das Urteil ausging habe ich
nicht mehr verfolgt, denn ich bin kurz
danach weg gezogen.

3.11 Der Tote im Zug

Meine Freundin und ich waren kürzlich in Hamburg. Weil wir mit dem Zug angereist waren, hatten wir hier auch kein Auto. Also benutzten wir, wie alle Hamburger die U- und S_Bahn, ein sehr zweckmäßiges Verkehrsmittel.

Als wir abends mit der letzten Bahn nach Hause fuhren, war sie fast leer.

Nur ein alter Mann saß uns schräge gegenüber zusammen gekauert und schlief. Wir verhielten uns recht leise, obwohl wir in recht ausgelassener Stimmung waren.

Am nächsten Tag lasen wir in der Zeitung, dass man in der U-Bahn in der Nacht einen toten Passagier gefunden hätte. Mitfahrende hätten offenbar nichts bemerkt. Er war offensichtlich an einem Herzinfarkt gestorben. So war der Tote am Ende im Depot gelandet.

Die Geschichte passte genau zu unserer Beobachtung in der Nacht.

Im Nachhinein gruselte es uns allen.

3.17 Die unruhige Nacht

Unsere beiden Söhne schliefen gemeinsam in einem Kinderzimmer.

Eines nachts, es war recht warm, hatten sie das Fenster weit offen. Trotzdem konnten sie heute nicht einschlafen.

Gerade als sie endlich die Augen zu machten, da klopfte es.

Beide erschraken und sprangen auf.

Hast du das auch gehört, fragte der Große den Kleinen.

Tatsächlich, sie hatten es beide gehört, also musste es stimmen.

Das passte ja ganz genau zu dem Fernsehfilm, den sie heimlich heute am Abend gesehen hatten.

Woher kam nur dieses unheimliche Klopfen. Von draußen kam es nicht, es schien viel näher zu sein.

Wieder hörten sie es beide.

Jetzt glaubten sie, dass es aus dem Wandschrank kommen könnte. War da etwa ein Geist eingesperrt?

Beide überlegten, ob es wohl der Geist

eines Verstorbenen sein könnte, der vielleicht in diesem Hause gelebt hatte.

Da war das Klopfen wieder, jetzt war es aber viel schneller. Sollten sie uns Eltern rufen? Aber sicher würden wir nur sagen, dass es bestimmt wieder an einem gesehenen Fernsehfilm liegen könnte.

Da war es wieder, aber diesmal noch viel schneller.

Jetzt nahm der Große allen seinen Mut zusammen und stand auf. Auf leisen Sohlen schlich er durchs Zimmer, der Kleine beobachtete ihn dabei, denn der Mond erhellte das Zimmer durch das offene Fenster.

Als er nahe am Einbauschrank vorbei schlich, ertönte es wieder. Jetzt konnte er es orten. Es kam tatsächlich aus dem Schrank!

Ungläubig blieb er stehen. Können denn Geister tatsächlich klopfen, ging es ihm durch den Kopf?

Egal, jetzt wollte er es wissen. Todes

mutig fasste er an die Griffe und zog mit einem Ruck den Schrank auf.

Da sprang tatsächlich etwas heraus. Doch bei genauer Betrachtung zeigte sich, dass es unser eigener Hund war, der sich am Tage in den offenen Schrank zurück gezogen hatte, weil es dort etwas kühler war.

Beruhigt legten sich nun beide wieder in ihre Betten. Der Hund durfte heute zur Belohnung am Fußende des Großen schlafen.